老貓／著

老貓札記

目錄

書中主要人物介紹

老貓

本書作者，射手座，一個與世無爭的家庭主婦。書中也被稱「馬麻」。

阿楓哥

老貓的老公，處女座，一個努力工作的好人。書中也被稱「把拔」。

皮羊羊

老貓家的大兒子，天秤座，非常友善又有創意。書中也被稱「葛格」。

悄虎

老貓家的小兒子，獅子座，非常謹慎又有才華。

自我介紹

外表淡定，內心戲很豐富的老貓來自一個格局相當不錯的家庭，父母健全，有一個調皮搗蛋的弟弟，吃穿用度完全不用愁，在大部分的人們眼中，我就是個幸運的傢伙。

可惜了，不知怎麼回事，童年時期，老貓不論怎麼努力，心中就是寫不出「家」這個字，這真的很難解釋，說多了，只是讓人覺得不知好歹。

老貓從三歲半開始，就特愛聽大人們天南地北聊著八卦。那種躲牆角，偷聽到的愛恨情仇等人生大戲，每每讓我覺得很是過癮，所以我並不討厭那些特立獨行，惹事生非的親友們，反而對一些正經八百，悶到令人絕望的親戚們感到有些失望。

不過呢？經過這些年，精確來講是二〇一五年開始，開始寫臉書，寫著寫著，這才發現小時候的感覺錯了。

老貓經歷了幾場人間禪修，透過文字紀錄以及省思，這才緩緩認

知到，世界上沒有一個角色是可有可無的，每一個生命都有其關鍵性的功用，他們的一言一行一舉一動都會產生與其他人牽絲萬縷的緣分，也因此發現很多人都有其可愛的一面。

隨著年紀漸長，才能稍稍領會老子道德經中的第一句「道可道，非常道」的真義。老貓是這麼覺得，很多人心中都有自己追求的一個道，有人追求功名利祿，有人眷戀春華秋實，有人跌入玩物喪志，有人看破紅塵俗事，而老貓只追求一個簡單的道，那就是：建立一個喜怒哀樂都有人可以分享的家。

最重要的是，經由這些紀錄，我發現小時候的心願，希望能夠擁有一個充滿愛的歡樂家庭，就這麼輕巧巧，靈動圓潤地在我的生命中跳耀飛舞，這是我很感恩老天爺的地方（我老覺得自己冥冥中有個守護神）。

截至目前，老貓漸漸能夠將生活中的綠豆芝麻小事，為它加上適當的調味，攪一攪，拌一拌，有時單調乏味的日子，也能變得香噴有滋味，都活了起來。

書裡頭的角色，出現頻率越多，應該是跟我越親近，我也只敢寫出這些與我親愛之人的各種生活搞笑互動，因為我確定他們最嚴重的抗議舉動就是，朝我嚎叫幾聲，抱怨幾句，然後又可以快樂的去過他們自己的精彩人生，我真是感謝這些我生命中很可愛的人們啊！

我深深期待自己如同那曬著午後陽光的老貓般，豁達智慧，從容笑看人生。

老貓
札記

第一回 少女老貓的煩惱事兒

很多人一生中，總有幾件令人遺憾的事，不是什麼生死攸關的難題，但就是會讓人不開心。

老貓已經算是一個不愁吃不愁穿的幸運兒，在學生時代，還是有件事讓我感覺特遺憾，那就是：我的異性緣不怎麼好。

導致老貓桃花運不濟的罪魁禍首就是「跑步」這件事。將近十年的時間，我常常思忖著：跑步世界有「貓」存在的空間嗎？

當然，在那世界裡，還是有好心人的，令人遺憾的是，他們幫了我之後，大多會產生「啼笑皆非，不如歸去」的感受。

老貓
札記

跑步這點小事兒（國小篇）

「跑步障礙」這件事緣起於小學一年級。

父母因為工作關係，沒時間、精力照顧我，在我出生一年後，就請祖母幫忙照顧。長年跟著祖母，我只會聽講台語，也沒讀過幼稚園，不會寫字、不會注音、不會數字，什麼都不會，一副蠢呆蠢呆的樣子。

我到五歲多，才回歸父母身邊，父母似乎認定我是個天才兒童，所以還不滿六歲的時候，我就被硬塞入小學一年級倉促就讀。

你們無法想像，我在那個班上是如何掙扎求生存，讓我自己訝異的是，那種處境下的我，居然還擁有「追求異性」的強烈本能。

當時我們班的班長，是一個白俊到不行的小男生，我看到他的第一眼，就被他迷到忘記自己名字怎麼寫（哈哈哈，本來就不會寫）。

但是，一個天、一個地，天地相會遙無期啊！

我為了拉近與他的距離，總是絞盡腦汁，製造機會，有一次，我終於找到一個契

機，可以讓他注意我。

我對他獻上一個「可以偷懶少寫幾個字」的餿主意，班長竟然採用，我當時那一整個飄飄然啊。

可是結果不如預想中美好，這套做法竟因此害班上一半的同學被老師罰站（當然包括他與我），我還看到班長那眼眶紅紅，淚光閃閃的樣子，真是太淒美了吧！

小一下的時候，我感覺他開始注意到我了，會跟我打招呼囉！可是……

這一段美好純潔的暗戀，竟被班上一個三八大嘴女給破壞殆盡了。

不過我自己也得負一滴滴的責任啦，因為我是有些愛現又常常搞不清楚自己幾斤幾兩重。

在一個早晨，學校照例要進行升旗典禮，全校師生都會分成一班一班的排隊前往操場集合，不知道為什麼走著走著，從我這一列開始，就與前頭落了大約五、六公尺的距離，就在那時候，英俊的班長來催促我們跟上隊伍。

你們知道吧！當你暗戀一個人，儘管他只是對大家說了「走快點」、「快點跟上」，這種反射性，無聊的字眼，你都會解讀成他是在對你發射洶湧波動的愛慕電波。

我想要對他展示，我是多麼看重他的命令，所以我就打算跑步快速跟上，而且光是小跑步還不夠展現誠意，我認為我必須要雙腳往兩側大張開，然後跨大步的用力跑跑跑，這樣才能達到最佳效果。（OMG，這是什麼腦袋啊！）

我這麼賣力的跑，當然一下就跟上了隊伍，正打算回頭看看班長會不會對我展示稱許的笑臉，耳邊就傳來一團完全不可愛的聲音，鬼吼尖叫：老貓，妳為什麼跑起來那麼像青蛙啊？

就是這一句而已，從此我沒有再跟班長講過一句話，他好像二年級上學期就轉走了。那個尖叫女更不用說了，我小學六年都沒有跟她講超過五個音節的話。

因為有這個跑步陰影，我不太敢好好跑步了，從此「百米跑步」這項體育測驗，竟在我小學六年裡面，一直是我心頭最沉重的負擔，比起兇惡老師、髒臭廁所、惡同學、爛分數考卷，還要讓我壓力大，本來以為到了國中，就能夠擺脫跑步帶來的陰影，結果，更誇張的事發生了。

跑步這件小事兒（國中篇）

國一下的某一天，要考百米跑步測驗，從一得知這個測驗的前幾天，老貓就很不快樂，心頭老壓著一股子重擔，猶如那不情願的準新娘，扭捏痛苦等待折磨人的新婚夜，那幾天連「麥當勞快樂兒童餐」都無法使我的心情雀躍起來。

當時我的學校沒有大操場，必須借用對面的體專來測驗跑步，體專裡面當然有很多大哥哥，平常如果有機會去裡面逛逛，心情自然是會很不錯啦，誰叫我讀女生班，整天繞來碰去都是女生，只有去那裡才有機會解解饞。（天啊！這小女孩還好吧！）

不過這種小樂趣在跑步測驗當天，完全消失殆盡，當時我的眼中無論男女，都只是一團一團會動的東西而已，而且我唯一的渴求，就是天崩地裂，快降紅雨，把整個跑道都淹沒。

砰一聲又一聲開始了，同學一組兩個紛紛開跑。等候時，我站在一旁很惡意的想，

怎麼每個人都像賽狗般爭先恐後往前跑。事實上，人家跑的是人模人樣，各個都挺快的，這讓我忌妒又不安。

由於是兩人一組，我努力在「絕望中」盡量找空子鑽，我苦苦哀求跟我一起跑的同學，請她跑慢一點點，讓整體畫面不要太難看。

我記得她是一個溫柔甜美的女生，這好心的女孩答應我了。

砰一聲，我們開跑，一開始，我覺得還好，頂多與她差了一步之遙，可是不知道為什麼，跑了一半路程後，她就猶如被刺痛屁股的馬匹般，快速奔騰而去，留下我一人慢慢接近老師那不可置信的面孔。

這個甜美可人卻沒什麼義氣的同學，楚楚動人站在終點，對著我投來抱歉的苦笑，我還沒來得及哀嚎幾聲，就聽到老師尖喊：老貓，妳是怎麼了，怎麼這麼漫不經心，老師再給妳一次機會，妳去重考一次。

我敢說她心中肯定是不敢置信，好好的一個人，有可能慢成這樣嗎？

這下我才慌起來，趕緊說：老師，老師，妳真的不用再給我什麼機會，我這樣就好了。

老師挺不高興，抿著嘴加重語氣，說：我從沒看過學生這樣，我知道妳只想偷懶，妳要努力一點，再試一次，好好跑。

我垂頭喪氣的往回走，途中遇到三個體專的男生，他們正在拉筋暖身的樣子，其中一個還笑笑的跟我打了招呼，問：你們在考試喔！

我聽了一驚，想到：這幾個該不會看到我的跑姿了吧！（沒辦法，小學跑步像青蛙的陰影一直存在）

我發誓我當時只想就事論事，有些害羞的問：你們有看到我跑步嗎？

他們可能沒預料到會聽到這種摸不著調的問題，遲疑了一下，點頭，我趕緊接著問：那我跑起來有像青蛙嗎？

他們噗哧齊笑出來，其中一位大哥說：不會吧，沒有啊，青蛙到底是怎麼跑的啊？

我放心了，心情一鬆，就有了閒聊的興致，我說：老師覺得我跑太慢，叫我重考一次，可是，我覺得我再怎麼跑，也就是這樣子而已。

在我與人攀談時，班上全部學生都已經測驗完畢，跑道那頭的班長催我趕快就定位，準備重考。

我拖著要去跳火坑的沉重心情，慢慢往班長那走去。

這時，其中一個大哥叫住我，跟我說：妳跑步時，重心不可以放腳掌，應該要放在腳尖，這樣才能夠加快速度。

天啊！這個救命貴人什麼時候不出現，偏選在這種千鈞一髮的時刻，才跟我講這個要訣，但是我根本沒有任何練習機會，就得直接實地操作，你們想想，這會發生什麼慘劇呢？

現在的我，已是步入中年，擁有這樣的回憶，我可以把它當作一抹天邊的彩虹，欣賞它，笑謔它，但在當時，真的非常糗。

回到當時吧……

砰一聲，我又開跑了，還是老樣子，我感覺自己就像草上飛似的跑跑跑，途中經過那些體專男生，耳邊傳來他們喊「加油」的聲音，這簡直讓人尷尬到不行，尤其在那時候聽起來，還真像個詛咒。

我就是個厚道孩子，總覺得不能辜負人家的好意，應該要使用他教的小祕訣，儘管我真不知道什麼叫做把重心放在腳尖跑（又不是跳芭蕾舞），但我還是努力擺出這些字面上的樣子。

當時，我真是用盡全身心靈力量，往老師那俯衝而去。

可是呢？我說過了，跑步世界裡容不下我這個異類。

越接近終點，越看得清老師的面部表情，那張臉上完全沒有讚賞、鼓勵或者其他正面態度應有的好看樣子，而是爬著好多條困惑的皺紋，來支撐她那一臉無奈的神色。

我在終點那喘著的時候，她靜靜看著我好一會兒，才說：老貓同學，唉！妳到底怎麼了？為什麼？為什麼？……妳要跳著來呢？妳是在跳舞搞笑嗎？

我一聽，立馬驚訝與錯愕交加，有點口吃了：老……老師，老師，我……我也不知道啊，我……只不過照人家教的做啊！

我指著那三個體專男生，這才發現他們居然已經走的遠遠了，我頹然放下手，忍受老師在那搖頭晃腦，嘆氣連連寫下我的成績。（當然又不及格了）

跑步已經三番兩次的阻礙我的桃花運了，我真的很討厭它，可是這個世道，運作模式就是這樣，你越討厭什麼，那樣東西就如影隨形（金錢倒是例外，我明明已經大吼「討厭錢」很多次了，就不見錢過來緊黏我）。

我一直安慰自己，有可能是因為年紀小，所以肢體不協調，大一點就會改善了。

果然，天真的人就是會活的比較快樂，我樂觀的心態維持到高一的跑步測驗，就結束了。

跑步這件小事兒（高中篇）

高中時，我就讀「豐原高中」，這所高中什麼都好，就是距離我家有些遠，每天花在上學通勤上，來回就要三個小時左右，那時真的好累，生命全花在交通上面了，也因此考試與作業都是在公車上完成的，回到家就很少翻開課本，因為真的太累了。

如今怦然回顧，我總覺得高中時期，可能是老貓開始尋找自己的開始。

我的高中沒有學霸，也沒有學渣，有的只是一群純真善良又熱情的學子們；那裡沒有好班壞班普通班，有的只是一些認真授業又和藹的老師們。

再加上那一身簡直是為我量身訂做的制服，白色襯衫搭配咖啡百褶裙，再加上一個俏皮咖啡色蝴蝶結，超級符合我清新文藝少女風。

不過，愜意的日子，總是要伴隨一些驚嘆號，才是真正有滋味。

認識我的人，大概都知道這些驚嘆號的來源是什麼？

還能有什麼，就是「跑步」。

其實我在一開學的時候，就已經跟學姊們打聽這所高中，會不會進行幼稚可笑的「百米跑步測試」。

學姐們很有耐心的對我多次保證，不會有「百米跑步測試」，聽到這回答，我快樂的簡直如蒙特赦的重刑犯，我相信我的反應讓那些學姐們，心裡肯定直滴咕：這學妹是不是沒吃藥？

不過，學姊們七嘴八舌補充：雖沒有百米跑步，卻有「四百米跑步測試」哦！

我忽略了學姐語氣中的警告意味，只覺得雖然四百米跑步也是挺討厭的，可是慢慢跑，總有跑到終點的時候吧，不用催命般的非在幾十秒跑完。

我這天真的想法，在高一下的某一天被徹底毀滅，沒錯，那一天就是要考四百公尺。

當時體育老師是一位看起來精明幹練挺壯實，講話聲調很拔尖又元氣十足的中年大媽，我粗淺的描繪，她就是奧運選手王熙鳳。

當時的我，還沒有學習到，耕耘與收穫之間的因果關係，無論是課業學習或者技能養成，我以為什麼都是理所當然或者命該如此，這一次終於有機會，好好的體驗一分耕

耘一分收穫的道理了。

考試一開始，我當場又使出苦情戲碼，這一次是六個人一起測試，我就跟其他五個人說：我是蝸牛轉世，請大家幫幫忙，不要跑太快，讓我太難看。

我說過嘛！豐原高中的學子們都是很善良純真的，她們都點頭說好。

結果～～～我實在太天真了。

一開始，我還在那賊賊的偷想，一旦開跑，我就要衝很快，迅速甩開這些人，看誰還能把我晾在後頭。

果然，前七秒，我真的把大家遠遠甩在後面，感覺超爽的，我還敢幻想：難道我真從蝸牛變成飛躍羚羊了嗎？

沒想到神奇的七秒後，開始一個一個，一隻一隻陸續飄然超越我，其中一個我挺好的朋友，還回頭望了我一眼，好像在說：抱歉了，我不能陪妳慢慢爬。

我哀傷地看著前面那一群跑者，她們就如同嗡嗡作響的蝗蟲，狂熱迅速奔向穀物美食，到底有誰可以來眷顧一下我這隻小蝸牛啊！

同時間我的腳也開始得到千斤墜，舉不太起來了！鼻子也快吸不到空氣了，我不得不用嘴巴呼吸，如果這時候有人在欣賞我的跑姿，應該會覺得我像是一尾漫游月球的金魚！每前進一吋都是奇蹟。

在最後五十公尺左右，我真心認為每一步都是奇蹟了，因為我完全感覺不到我的腳在做什麼，耳中只聽到怦怦怦怦的心跳聲，鼻子也吸不到任何有用的空氣，眼睛倒是有看到王熙鳳在那邊，不停的擺動變換姿勢，顯示出她瀕臨爆發的不耐煩。

好不容易到達終點了。

王熙鳳面容嚴肅，盯了我幾秒，才對我說：妳叫老貓是吧！妳知道這是考試嗎？很自然的，面對一個舌頭吐在外面呼吸的人，她是能夠指望得到什麼回答呢？

她更顯不耐了，手指頭咚咚咚咚敲著記錄表叫我看，我定睛一看，心想：哇塞，我的這兩條腿，還真能耗時間！

她唸的很不過癮，繼續說：這是在考試，妳怎麼會有這種態度，居然敢這樣散步走過來。

我真是受夠了，回嘴：老師，我已經跑很快了，我快到都感覺不到我的腳。

王熙鳳根本沒有什麼幽默感，尖吼：胡說什麼，妳就是沒有盡力，等一下妳重考。

聽到這，我眼前真的黑起來，差點要昏過去，可是她已經不想理我，因為還有其他人要考，我只好腳步蹣跚，傴僂著身子，只差沒用爬的到樹邊，去接受同學的慰問。

其實我那時候已經準備要來大吐一場了，可是看到旁邊有一個同學居然還真的吐起來，我就拼命忍住那種難受的感覺，深呼吸，保持平靜，還有閒功夫用同情的眼神，看著那位嘔吐不止的同學。

過了二十幾分鐘左右，老師過來了，我不自覺的躲到一棵壯實的大榕樹後。

她說：妳們幾個不合格的，要重考，尤其是妳。

她用一支筆指著我的大榕樹。

王熙鳳真的很窮追不捨，她的利眼猛盯著我，這時候我的自保能力開始運作，我抱著大樹幹，語調淒苦哀決：老師，老師，我……我真的不行了。

她有些憨笑：胡說什麼？

我不想跑，我不想跑，我抱著大樹，任憑她凌利的眼刀砍在我身上。

最後她說：好啦！一個月後我再測一次，別想偷懶，我要測到妳們過為止。

我的孬樣被笑了好幾天，可這完全是值得的，那之後的一個月，我每天放學後，都去跑操場。非常神奇的是，跑了兩個禮拜後，我開始覺得腳沒這麼重，終於有機會從小蝸牛進階為小烏龜，看看考試那一天能不能夠再快一點，變成小蜥蜴之類的，最好是變色龍那一類，這樣也可以讓王熙鳳的臉色由蔑視變成驚奇。

儘管跑步能力有進步，我還是不喜歡測驗的感覺。但是呢！

「時間」是一條沒有出口，無法停留的通道，身在其中，只能往前進，該來的就是會來。

我又站在跑道上了，這一次只有小貓兩三隻跟我一起跑，我連周璇都懶得周璇了，只能靠自己。

我發現上一次測驗失敗的最大原因，就是一開始就衝太快，導致後來的上氣不接下氣。這一次我可變聰明了，跑得相當有節奏感，風格應該是慵懶爵士風。

跑啊跑啊跑，我終於體面的跑到王熙鳳面前，她按下碼表，面無表情的紀錄時間，若無其事的合上文件夾，然後對我們這些等待被摸摸頭、搔搔脖子的貓咪們說：今天測驗結束，明年還有一次，請各位保持運動，才不會像病貓，再見。

說完，俐落一個轉身，離開。

就這樣，連拍拍肩膀，或說一句：「辛苦了，有進步！」都沒有，真令人掃興啊。

儘管如此，我還是挺感謝她的，透過她嚴格執行這跑步測試，讓我知道了這個概念：三分耕耘一分收穫，有努力有付出，才有好果子吃。

這是我第一次體驗到努力之後，有獲得回報，感覺還真不錯耶！

跑步這件小事兒（大學篇）

到了大學，我整個人就像掙脫籠子的小狗兒，整個的到處撒歡兒，體驗自由的滋味，我終於可以開始自在享受人生。

減肥、大量閱讀、找到對的男人，就是我自己設定，必須在大學時期完成的三大目標。

光「減肥」這一項，就讓我明白一個定律，「漫漫人生，沒有永遠的朋友，也不會有永遠的敵人」。

跑步這件小事兒，曾經在我生命中，比聯考還要讓我心驚肉顫，常常使我懷疑自己的神經系統是不是有問題。「跑很慢」這個點，對我來說，真的是不解之謎。

到了大學，根本沒有什麼跑步測驗，誰還要花心思研究這種鳥事。

倒是為了減肥，每天傍晚，在暗暗天色掩護下，我都會去學校操場跑步，在當時，跑步倒是成為我很親密的朋友。

每天大概都會跑（走）個兩三圈，有流一點小汗，但不至於像落水狗般的嚇人。

想不到，我都這麼低調了，還是會有桃花朵朵為我而開。

大學生很愛聯誼，男男女女一大群人在那搞集體相親，老貓很喜歡這一套活動。只是有一回，聯誼到一半，老貓突然感覺有些無趣，就決定還是去跑步比較實在，我很誠實地對大家講這個理由，他們都覺得很荒謬，認為我在找藉口落跑。

這時有一位外系學長，他提議要跟我一起去跑步。

我心中警鈴大響，感覺不太妙，嘴上卻只會說：可是……可是……我跑得很慢耶！

他說：沒關係，本來就是要慢慢跑，而且我還蠻喜歡跑步的，它是很好的運動。

說完還左右伸展了一下雙臂，以示對運動的喜愛。

都說到這分上了，我只能在心中無奈地苦笑，要跑就來跑吧！

不過，後來跑完操場，他立馬對我徹底投降，因為……

我真的很難追。

我的速度慢到他都不知該如何跑步了，他是應該慢慢與我並肩而走，還是正常跑他自己的速度就好，無論如何，都不是泡妞的好畫面。

尤其是，撐了一兩圈後，他還得耐心十足，一再對我保證——我的跑姿絕對不像青蛙，或任何其他動物。

這也是為什麼儘管我對這位學長的了解，僅限「他是男性」這一點，我還是要在這裡把他寫出來，因為他無意間就消除了我心中多年的枷鎖，他是一個大好人。

跑步這回事，真的非常奇怪，當它不再是你心中的魔障後，就變成了生命中的小天使，而且還是像愛神那樣粉圓粉圓的捲髮小可愛，它那把小弓箭，居然間接就幫我射中阿楓哥（我現在的老公）。

事情緣由是這樣的，我大一，阿楓哥大三，當時的他每天如火如荼地準備研究所考試，常常窩在圖書館的自修室，而我則每天傍晚都會把書包放到自修室的位子上，然後就準備去跑步。

阿楓哥雖然早就盯上我，可是還沒有充分的動機或藉口，可以上前進行勾搭行為（請文明一點，是社交禮儀活動）。

而且他也很好奇，老貓每晚都會出現又消失，究竟在做些什麼？

於是，他決定要對獵物進行更深入的探索，找機會偷偷跟蹤老貓的飄忽路徑：從自修室走到籃球場，停好一會兒，然後再慢吞吞走去體育場。（老貓很愛欣賞籃球場上的帥哥）

阿楓哥很滿意他的觀察結果，也決定展開追求行動。

多年之後，我問他究竟是怎麼樣的契機，才讓他勇敢上前搭訕。

他想了一會兒，才承認，他原本就喜歡那種愛運動，活力十足陽光型的女生，所以當時非常的高興，發現我這個女孩，不只人長得好，居然還非常熱衷運動，簡直就是老天爺賜與他的禮物，也因此他才會以迅雷不及掩耳之速，對我展開追求行動。

等到真正相處一陣子，他終於認清我那「站不如坐，坐不如躺」的特質，再加上「不動如山」的美德，阿楓哥只能偶而嘆個幾聲，接受這天真好笑的誤會。

於是呢！「跑步」這件麻煩事兒，在我的大一劃下了美麗的休止符。

第二回 童年時期的小遺憾

老貓為了寫跑步系列的文章，有機會好好回憶自己非常多的過往，間接反省了不少糾結好幾年的遺憾事。

我就想趁這機會，全盤托出，好好做個了斷，以後不要再花時間在那糾葛著內心苦情戲。

老貓不是突然想開了，而是慢慢理解，生命本來就包含很多悲歡離合愛恨情仇，講到底，這些都是靈魂的調味料，沒有調味料，哪來有滋味的靈魂呢。

老貓人生有兩段非常掙扎的時期，分別在五歲和十二歲（國二上），這兩段時期的我對情感寄託非常迷惑，很沒有安全感，因此在旁人眼中的芝麻綠豆小問題，灑到我身上，就使我措手不及，卻只能照單全收，被迫維持這樣的心情，也漸漸養成老貓從此對

人習慣保持一種疏離感。

遺憾一　老貓五歲半

老貓是一個相當「早熟」的孩子，不是說多聰明，而是我在三歲半左右，已清楚感知四周人們喜怒哀樂，言談舉止之間的意涵。

因為父母工作關係（爸爸在外地開了一間小診所），老貓從小是由祖母照顧，祖母當時還要幫忙照拂很多孫兒（包括我弟弟），伯伯叔叔姑姑一大家子，十幾口人全住在一起，家裡是很熱鬧的，生活百態都是戲，八卦滿滿，我也樂的當一個無聲無息的觀眾，所有人對老貓的評價就是，乖巧內向。

老貓五歲以前，和父母雖然不熟，生活也平淡無長進，但我卻感覺安心滿足，總覺得有這麼一個世界就夠了，也以為日子可以這樣一直過下去。

快過年的某一天，那時我滿五歲，父母來探望我們，媽媽問我要不要跟他們一起住，我記得當時心裡是很抗拒的，也就從那一天起，我就一直保持警覺，很不想要再看到父母。

也許長輩們有感受到我的排斥，沒人再提起這件事，我還以為安全了，沒想到一場疾病入侵，打亂了我為自己編織的理想幻境。

我得了腮腺炎，其實這種病，再怎麼樣也不算是一種大病吧，不過那時候躺在床上，看到大人們在那邊竊竊低語，有時還傳來幾句「會傳染……」，我心中的警鐘就敲到最大聲，我一直要祖母跟我保證，絕對不會把我送走，她也答應了。

等到過完年，我好的差不多了，有一天中午吃完飯，祖母就叫小姑姑帶我出去玩，我心中感覺不到一絲欣喜，因為，平常出門都是帶著弟弟、堂妹一起出去，這次卻只帶我一個。

我悲傷看著大人笨拙的編理由，心中明白，他們還是打算放棄我，沒有一個人願意花心思，給我一些安撫或教導，因為體認到這一點，所以老貓很乖順的接受安排。

姑姑帶著我坐計程車到爸爸開的診所，途中她也有試著講些話調劑氣氛，不過我心思了然，無法回應她的善意，我盡最大的努力，咬緊牙關，不讓嘴巴蹦出一個音。

因為當時，我可以感覺自己一旦失守，情緒就會全面潰堤，我也不覺得姑姑是有能力改變這局面的人，而且當時我還抱著很虛無的期待，姑姑只是如她所講，帶我來跟父母聚會聊天，與會結束，就會帶我回祖母身邊。

到了爸爸的診所，當時沒有什麼病人，父母很親切的招呼我，我也很乖巧地坐在那看大人們聊天，我希望他們就這麼聊下去，不要停止。

天底下所有的一切，總是會有個句點，那時候的句點就是：姑姑站了起來，說她要去買橘子。

她不光說一遍，還特別對我再強調一遍，說她要去買橘子，我父母也跟著附和，好像買橘子是多麼重要的事。

其實我心中很是厭煩大人們把我當傻瓜般的對待，可是我也很怕捅破那一層薄到不存在的希望，所以我只是對她說：妳要趕快回來喔！

我記得她對我點頭說：好。（當然她沒有再回來）

接下來的日子是一場災難，我是指對我而言，我不知道對父母來講是怎麼樣，不過我可以想像肯定不愉快，他們沒有照顧幼兒的經驗，診所工作也挺忙，所以沒過一個月，我就被送到外婆家，那又是一個極度陌生的環境，外婆家在郊區，父母送我去那最大的目的是要取得小學學籍，這樣我才可以提早入學，去讀市區的國小。

在外婆家待了一個多月，比起跟父母待的日子，還要痛苦三倍，因為老貓至少還認識父母，而外婆家的人，對我來講就全是陌生人了，尤其那裡是教育重地，在那的小孩，除了讀書寫字，就是寫字讀書，嚴肅的很，絕非兒童樂園。

期間媽媽有來看過我一次，也就那一次之後，我不再對親人有期待。

那一天，本來我很開心媽媽來訪，因為我決定放縱自己一次，晚飯後她就要搭公車回去，我鼓足勇氣，請她帶我走，當然沒有被許可，後來我不死心，在送她去坐公車的路上，又提出要求，就被外婆責罵，消停了一下之後，等到她要上公車時，我突然跟著爬上去，結果當然是被硬拉下來。

我待在那，絕望看著公車噴著黑煙，揚塵而去。本來外婆還在那不停的訓誡我，不

過看到我的沉默，她也鬆了一口氣，可惜他們都不知道，我心中是多麼的失望啊！

如果當時有人肯好好跟我商量安撫一下，哪怕只是說明原由或者有任何情非得已的狀況，我就不會那麼遺憾，在那之後的日子，也不會總是抱著局外人的心情，來看原生家庭中所有的紛紛擾擾，也許我們家每個人生命發展就會不一樣吧。

兩個月後，從外婆家回到父母家，本來以為我可以喘一口氣，好好適應一下新生活，認識自己的父母。

回到新家，不到兩個月時間，我剛好差不多五歲九個月大（實歲），就被送去讀國小。

在我沒有讀過幼稚園、聽不懂，也不會說國語，不會注音的情況下，就這樣把我送入國小一年級就讀。

父母以為把我送入學校，就萬事亨通，快速解決老貓那空白了五年多的頭腦。

直到老師在成績簿寫下對我的一個評語：資質平庸。

一開始老貓以為這是還不錯的評語，也發現我媽那幾天老是高八度在講這四個字，

後來我就受到這四個字帶來的懲罰了。

老師這樣的評語，其實還是過譽了，小學一上學期，我完全不知道自己在做什麼，我只記得我怎麼瞎搞書包，裡面總是裝滿垃圾，很多盒臭掉的牛奶，魚骨頭飯菜等等，我從來都沒聽懂過老師在講什麼，只要是考試，我就會跑到講台前面去問老師答案是什麼。

就是這樣的懵懂一學期，老師沒有說我是白痴，已經很客氣了。

小學一下整學期，我沒有一天，是能夠安穩過日子的，我記得那時候，一個禮拜肯定有兩天是被揍的，而且不只是打手心的那一種，有時候是被罵非常狠的字眼，我覺得那比揍還要令人絕望。

棒下出才女，我不得不說「暴力」對我來說還真的管用，我到二年級之後，學科就幾乎都是滿分了。

我雖然鬆了一口氣，可是心中卻沒有真正的喜悅，因為我感覺自己只是「求生」，並非「求知」，我得不到任何學習的成就感。

五到七歲的這一段歲月，對我影響深遠，讓我感覺很自卑羞恥，也讓我日後非常討厭節日、過年等（我是過年後被送走）。

不過非常奇怪，現在把它寫出來，感覺也沒什麼大不了，真的很神奇。

呼！寫到這裡，發現國中時期發生的事，好像還好耶。

遺憾二　老貓十二歲

老貓國中時期，家庭狀況最不勘，正式進入「冰糖葫蘆」階段，紅色糖衣是父母勉力維持的婚姻，包裹著裡頭又酸又澀的仙楂果，那是一串失衡脫序家庭所能產生的酸澀苦甜滋味。

當時家庭不能帶給我想要的安定感，我當然會把重心放在學校。

國小畢業的時候，因為臨時搬家，我沒機會參加原學區國中的能力分班考試，可是靠著老貓那很會喬事情的媽媽，我居然還是進入了那所國中的「資優班」。

其實以我當時的實力來考，肯定考不上，有這種「一躍龍門」的機會，我是既心虛又興奮，因為我覺得只要一進去呼吸教室空氣，就會變成聰明人了吧，可以擺脫「資質平庸」的詛咒，所以那時候我還挺高興母親有這項專長。

我喜歡資優班，可是真的進去了，坐在教室裡，真覺得自己格格不入，因為進入這一班的通常都是小學畢業前三名的學生，我小學成績只是中等而已。而且在當時，我最好的朋友並不在這一班，而是被分發在普通班。

她與我同住一個社區，是一個有主見，學習認真而且非常會照顧人的女孩，由於相差一歲多，所以她很自然的把我當妹妹般的照顧。

譬如，上下學都會騎腳踏車載我，中午便當也會幫我多準備一份，有時候忘記帶課本，跟她借一下就好了。

我自己這個班，也有一個挺好的朋友，長的白淨斯文，是個冷面笑匠，不管她講了多好笑的事情，自己都不會笑，算是面癱人。

這樣的國一生活，雖然不完美，可是很滿足。

不完美的地方就是「能力分班淘汰制」，國一下開始，每次月考只要平均不滿九十分，就會被排去普通班。

因為我是被關說進來的，所以我對自己有一種期許：一進來，就不准被踢出去。雖然有壓力，可是我處理的很好，我總是有辦法讓自己保持在平均九十三、九十四的安全範圍，也沒有因為多讀點書，就變得呆笨，相反的，人變得越來越精神，有自信。

我以為可以一直保持這樣的生活，可是在國二上的時候，第一次月考，這個班有十五位同學被踢出去，其中一位就包括冷面笑匠，然後從別班補進來十六個。

我不在意其他人，就是挺傷心必須與冷面笑匠分開，雖然她承諾我關係不會變，但是我知道，一切都不一樣了。

果然，儘管我每節下課去找她，可是彼此越來越沒有共通話題，她們那一班感覺很歡樂，同學一群一群嬉笑打鬧，師生關係也非常融洽愉快，很快的她就聽不下去我的抱怨以及苦悶，她擁有新的人際關係了。

這還不打緊，接著發生一件事，更讓我覺得學校挺沒意思的。

我那個鄰居好友，我說過她是一個很認真的學生，一直努力要進入資優班，但是經過了兩、三次的考試，還是沒辦法進入。

我有幫忙，但是我本身能力有限，也擔心她的自尊問題，我不敢幫太用力，只會在每次月考後，跟她一起惋惜悲嘆，但又引發她覺得我矯情做作。

也許我把她的友情視為理所當然，沒有好好的關心別人心情。

國二上的某一天，在午餐後的自由時間，我想說好久沒有去找我那鄰居朋友了，就跑去找她，看到她正與同學聊天，我如同以往地上前打招呼。

可是，她居然冷冷地回我一句：妳來做什麼？

老貓：我……來找妳聊天啊！

她：還真稀奇耶，這麼久都沒來，現在無聊就來找我，我看妳只會利用我。

老貓：妳在說什麼啊！

她：妳這種人，我已經知道了，妳不是成績很好嗎？就不用費力氣在那裝。（我大

概知道她在氣什麼了，因為我媽老是去她家炫耀我的成績）

看著她那帶著挖苦嘲諷的表情，我實在不確定她是在開玩笑還是認真的，現場是真有夠尷尬，她的同學也幫忙打哈哈幾句。

沒想到接下來她說：妳回去啊！趕快回去妳那個資~~優~~~班啊！

她居然當著其他人的面，講這樣的話，一時之間我也不知道到底該說什麼，我只有問：妳確定嗎？

她愣個兩秒，說：對。

之後的十幾年，就算是面對面走過，我沒有再對她講過一句話，比陌生人還要清淡。

不管是過去或是現在，我都可以理解她的心情，可是我們緣分已盡。

經過這兩個朋友的疏離與交惡，有一天，我跑去導師的辦公室跟她說我想要轉班，轉到冷面笑匠那一班，因為我每一次經過她們那一班，都聽到很多笑聲，我覺得那才是屬於我的地方。

我忘記老師講什麼了，不過這件事沒成。

我當時的感覺是……我已經沒什麼感覺。

家庭讓我失望，學校也讓我失去寄託，分班淘汰制也結束了，我感覺不到任何需要辛苦讀書考試的理由與意義，之後成績一路下滑，我也在那時候迷上小說，有一點點像吸毒成癮，越是大考我看得越兇。

我把所有的聰明才智都放在處理成績單上面，我父母從來沒有發現我成績下滑的事實。

成功的關鍵就是我的主科，國英數都保持不錯，所以每次考完，我只給他們看這些重要科目，導致他們一直有錯覺，以為我就是個天才，不用苦讀，就能考高分，我母親還到處宣傳這一點，我只會在背後汗顏竊笑、不知所以然的過日子。

直到在高中聯考的考場，我的班導與母親終於有機會講上話了（之前我想盡辦法，讓她們無法溝通），班導告知我媽，我在學校的真實成績時，雙方都很驚訝對方的反應。

我媽跟我說她那時候聽到這些，靈魂都快要出翹了，後來又看到我的聯考社會科（公民，歷史、地理）成績，居然只有八十幾（總分好像一百四十），那個驚愕的表情，把我笑個半死。

貓語記錄：

國中這檔事沒有像小時候那麼讓我揪心，雖然我很遺憾那段青澀歲月沒有什麼特別美好的事可以令我留戀，但我也不覺得孤獨，最主要，還是因為我找到了最忠實的伙伴——閱讀。

到了如今，老貓感觸是，人生很多選擇都無關對錯，很多當時彷彿五雷轟頂的大事件，隨著歲月徐徐匍匐向前，現在都已經淡的如同「蒙娜麗莎的微笑」般，那麼朦朧似有又若無。

第三回 超期待「愛」的老貓

從小到大，冥冥之中我總感覺身邊有個守護神，祂無關宗教信仰、百家學說，或者祖靈傳說等，我真不知祂是誰，是什麼，但我就是相信有這麼一個守護神，祂陪我度過了五到十八歲這段矇懂無知的時光。

小時候，我認為自己是一個可以被任意處置安排的多餘人，學習能力趕不上學校進度，苦苦掙扎於父母期待落差，所傳遞出來的負面情緒中。

老貓小學時，家中經濟因為炒股失利，窘況頻傳，家庭氣氛不輸當時的立法院。

再加上青春期所帶來的生理衝擊與課業壓力，在在都讓老貓感覺，我就只剩自己了，我感受不到愛、真心、知己與生命的價值，我得說十八歲以前的我，是真的不懂事，我不在乎周遭任何人，包括父母親人，老師同學，更遑論其他人類了。

對於我這種矯情又沒安全感的貓，我的守護神就會適時出現，發揮一下牠的力量。祂讓阿楓哥在我十九歲那年進入老貓生命中，他就是祂為我帶來的解藥，專治我的迷惑人生。

我愛逢甲大學，不過……

當年我一確定考上逢甲大學，整個家族應該就只有我一個人還挺興奮的，可能是，我覺得不管考到什麼學校，都可以執行我在高中就已經列好，要在大學做的事。

可惜的是，周遭的人實在很掃興，有的叫我重考，有的送我一隻夜市買的新台幣一百元手錶，也有人用失望欲言又止的表情看著我，當然大多數的人不會來說我什麼，也沒什麼好跟我講的。

只有我的爸爸，他請我去吃大餐，就我們兩個人。在當時，我相信他也沒什麼雀躍之情，可是我有感覺到他，為人父母的慈悲。

我們邊吃邊聊，爸爸問我：對大學生活有什麼期許。

我老早就備好答案了，我說：首先，我要把大學圖書館的小說全部看完。

爸爸眉頭微皺，我接著說：我必須減肥。

他微微頷首同意。我又說：接下來這一點，我認為最重要，也是一定要達成的課題。

他終於露出欣慰的表情，問：是什麼？

我心無府城，興奮的說：我要談戀愛，我的心要全面大開放，我要窮盡我從書本上看到的知識，找到一個對的男人。

我得說我爸爸真的是一個智者，不過，他還不夠鎮定，因為他嘴巴伊伊啊啊講不出什麼像樣的句子，最後才勉強問一句：老貓，妳是不是忘了什麼重要的事情？

我皺皺眉，問：什麼？還有什麼我沒想到的？男人、閱讀以及外貌，我都顧到了啊！

老爸語帶訝異的說：妳不覺得妳上大學是要去讀書的嗎？是要去學知識的嗎？

我比他更訝異，說：爸爸，讀書考試只是最基本要完成的事，根本不值得我列入努力目標，光是減肥就比它難得多很多。

對於這樣的我，爸爸只是給我哼哼哼三聲。（哎呀！寫到這裡我真的很同情我老爹。）

很想談戀愛

從老貓進入逢甲大學第一天，就很肯定自己有受到上天的眷顧，因為我所就讀的系所也不知道是誰這麼有智慧，發明「家族學伴」這樣的系統，如此一來既可以迅速拉近新生關係，又可以幫助整個系所順利融合。

我得談談老貓的學伴，因為他算是上天派來當我和我老公的「間接媒人」。

雖然他現在是個帥老爸，但在那青春歲月，我的學伴還是個高高瘦瘦頭髮捲捲眼鏡男，年紀也才大我個半年，在我眼裡簡直就是個大毛頭而已，所以我有點缺乏熱心地對

待他。

譬如說，他來自桃園，一知道我是台中人，就希望我能夠好好的介紹台中給他認識，那時候，我可能剛吃飽，沒什麼興致，就很不負責任的說：你就騎著摩托車，自己去繞一繞，就認識台中了啊！

如此這般的態度，學伴是不會想再與我有什麼互動了，直到有一次，他幫助我完成電腦作業（可能是借我抄），他又變成我心中可人的學伴了。

我前面提過「談戀愛」是我進入大學的主要努力目標之一，我們班有一個非常好的活動股長，她很努力地幫我們女生找尋交友的機會，所以我有一個小本子，上面記滿了面試對象資料、時間，評價等，時不時得拿出來分析研究一下。

有一次我還把小本子炫耀給我老爸看，他一直嘆息又搖頭，說：我花錢讓妳去當交際花嗎？

大一下的時候，我已經減肥成功了，瘦的像從非洲盧安達來的難民似的，小本子也快被擠滿了，面試成功案例為「零」。

我試著分析失敗原因，發現問題可能出在我自己身上。首先，我有戀字癖，我喜歡寫字漂亮的，這樣就淘汰掉八成的人。

老貓又是外貌協會的長期會員，這樣合格的只剩下不到一成，更別說談吐幽默的了，小本子裡找不到一個講話好玩的。

最要命的就是，本來看一看還行的，我就會邀他們去打桌球，本意是想要展現老貓的活力，與正面生活態度，可以不用花錢喝飲料、唱KTV，如果沒有看對眼，就一拍兩散，不用囉嗦找藉口。

老貓想得很扎實，但是執行效果超爛的。

當時是秋冬時節，我每一次都很白癡的穿毛衣上場打球，完全忽略自己那超會流汗的體質，導致那些男孩不只覺得莫名其妙，最後還得勉強微笑面對一個女水鬼。

所以到了大一下學期三月分，我居然還沒有一個可以戀愛的對象，這讓老貓很是落寞，每天只能跟朋友們在校園裡悠來盪去，怨嘆寂寞人生。

緣分來了喔

老貓雖然有一些交友面試機會，還有一個小本子，好像整天在那犯花癡似的，其實那些有趣的社交活動只占據當時生活的十分之一而已，儘管那是老貓的元氣來源，實際生活卻沒有這麼多彩多姿。

在學校，除了上課，我最常待的地方就是圖書館的自修室，每到期中期末考前，就一位難求的那一間。

平常那就是我的休息區，睡午覺用，我很喜歡待在自修室，因為我喜歡呼吸那裡的空氣，看著其他人振筆疾書的模樣，我就會覺得自己也飽讀詩書了。

大一下，三月分的某一天，早上有中文課，教授叫我們寫一篇文章，寫完就可以自行離開教室，我不到半小時就寫完了。偏偏我的飯友們，還在那邊慢條斯理的爬格子，我只好再把文章東修西改，這樣也撐不了多久，只好交卷，先去外面溜達了。

才剛愜意的走了一會兒，結果迎面走來一群人，大約八個。當時我沒戴眼鏡，等到人群走近之後，我才看清原來是我們班同學，但是不太熟，於是禮貌打了招呼，各自走開。

我本來是決定去逛一下書店，走到那才發現書店還沒開，只好轉去我的休息區，打算來睡個回籠覺。

一到自修室，就被黑壓壓一堆人鎮懾住，我掃瞄一下，根本沒有空位，只好慢慢走出來，想說乾脆去買個飲料，正往逢甲校門口走去，前面五十公尺處又出現一群人，我再怎麼視力差，都能判斷出，天啊！又是同一群。

如果對方是一、兩個，就算了，但是一群單挑我一個，我馬上投降，轉身又跑進去自修室，等那一群人飄然遠去後，我再出來，可以避免那種不知所以然的尷尬。

我在自修室門邊數秒，一、二、三，數到二十秒後，我想應該安全了，就悠哉悠哉的走出自修室。

走著走著，突然聽到一聲「學妹」，很是低沉的聲音，從我的左後方傳來，我反射性回頭，視線還無法定焦，因為後面有三、五個人，根本不知道是誰叫我，或者……真

的有人在叫我嗎？

幾秒後，我才注意到，一個烤焦版的「流川楓」（註釋一）朝我走來，手上還拿著文件夾還是什麼的，我還是第一次在逢甲校園裡看到這麼黑的學生。

我等待著他開口，結果他講出來的話，讓我心中小人兒，開始跳起迪斯可舞步。

他說：學妹，剛才我看到妳進來自修室，好像沒有找到位置，我挪了旁邊的位置，剛好有足夠空間可以再坐一個人，妳要來看一下，是否合適嗎？

儘管心裡狂亂跳舞，表面當然還是要矜持一下。

我淡然說：哦，真的嗎？那我去看一下。

兩個人一起走進自修室，走到了他說的那個位置，我看到他的桌面上堆滿了書，筆記本，而旁邊呢？則是清理乾淨的桌面，和一張椅子，再旁邊則又堆了一些東西，我心下了然，滿意的說：謝謝你，這挺好的。

我坐下來，掏出教科書還有筆記本，非常認真的研讀起來，他好像也很專心做他的事。

瞧瞧！瞧瞧！我與阿楓哥一開始認識，就是這麼有學術範兒。

不過，真正讓我心動的是，接下來的一切。

註釋一：流川楓，日本漫畫《灌籃高手》及其衍生作品中的主要角色。湘北高中籃球隊的王牌球員，司職小前鋒，神奈川縣五大最佳球員之一、全日本青少年隊成員。

傻到噴飯卻又怦然心動

與阿楓哥相遇的那一天，三月春風徐徐吹拂著校園特有的詩情畫意，當時我們並排坐在自修室裡，各自都有事情做。

我拿眼角瞄一瞄他，發現他就像那正在做精密外科手術的醫生般，專注至極研讀筆記。

我的面前則擺放一本簇新厚實的微積分（很少翻開），手裡認真的在筆記本上鬼畫符，心裡反覆徘徊一個念頭：等一下，到底要怎麼處理這個男的？

我會有這樣的思量是因為，再過半個小時，學生餐廳就開了，我喜歡早一點去，這樣就確定可以得到我想要的菜色。

邀他一起去，會不會太唐突；可是不邀他去，人家辛苦幫妳弄個位子，還沒坐熱就得離開，會不會沒有禮貌。

我在腦海裡辛苦掙扎這些想法，還好等到時間一到，嘴巴馬上幫我做了決定。

我問：學長，等一下要不要一起去吃飯？

不到半秒，就聽到他的回答：好啊！

我非常滿意，居然忘記問人家的意見，就直接把他帶往學生餐廳，途中有稍微閒聊一下，我更滿意了。

他說他是機械系三年級（老貓就喜歡老男人），而且他為了考研究所，常常待在圖書館（這簡直深得貓心）。

我們還沒有踏進學生餐廳，我已經給他很高的評價。

我們在餐廳遇到了我的飯友們，當然很高興的相約坐在一起，大家也心照不宣的吃飯聊天，一切都很愉快，自然評價更好了。

不過，後來有一點點小扣分，因為其中一個飯友，她趁阿楓哥去拿湯的時候，偷偷告訴我，她發現阿楓哥吃飯的時候，居然翹起了蓮花指。（當時的我，不是很能欣賞這種藝術。）

飯後大家各自解散，等到了晚上六點的時候，我才又回到自修室，準備收拾書包回

家去。這時候外面無預警地下起大雨來。

我心中哀嚎連連，因為我必須要走十幾分鐘到公車站，搭三十分鐘的公車，再走二十分鐘回到家，沒帶雨傘真的真的非常麻煩。

這時候，我突然想起了我親愛的學伴（記得吧！就是那個高瘦捲髮男），我知道他住宿舍，而且男生宿舍就在自修室旁邊。

我馬上就去打公共電話，感謝老天爺，響了幾聲後，他接了電話，儘管他那邊傳來有些混濁的聲音，我還是鼓起勇氣跟他說：學伴，我在自修室這裡，現在下大雨，我忘記帶雨傘了，可不可以借我一把雨傘？

那頭傳來：喔，呃，我沒雨傘耶。

我當然不放棄，趕緊說：不然你幫我去看一下你們宿舍，有沒有多出來的雨傘，幫我借一下，我明天馬上還。

好像有七七叉叉的聲音，幾秒後，我的學伴回：沒有耶。

我有些絕望，還不死心，再問：你確定別間也沒有嗎？

秒回：真的沒有啊！

我心死了，回：唉，這樣啊，好吧。

我沉重的掛上話筒，望著外頭大雨淅瀝嘩啦放肆的給我一直下，早上走桃花運的那一份愉悅，已經被現在自怨自憐的心情給趕跑了。我決定淋一下雨好了，因為我不想要太晚回家。

慢吞吞收拾桌上的書本，尤其那本微積分，我已經把它當成是我學伴的頭，用力的塞塞塞塞，但就是塞不進去書包，只好再把包裡的東西拿出來，重新安裝。

這時，我發現微積分有異狀，有一張紙塞在書裡，露出大約三公分的紙頭，我隨意瞄了一下，合上，接著又迅速打開，抽出來看。

我有點不敢相信自己眼睛，看了一遍一遍再一遍，紙條上頭寫著：

學妹，剛才回來沒有看見妳，我晚上有課，今天可能不會再碰到面，我的座位上有一把黑色雨傘，等一下如果下雨，妳可以先拿去用，明天我還是會幫妳占位子，我桌上的那一個綠色杯子可以作為指認標誌。

阿楓哥留

我轉頭看到他的椅子上有一把黑色摺疊雨傘，桌上也有一個綠色塑膠杯。

我當時如果不是在自修室，如果不是感知系統都還在雲裡霧裡，肯定會當場尖叫又咆哮。

不過，離那也不遠了，我的五臟六腑，全身細胞都灌滿了「感動蠻牛」，抖到沒辦法再坐著。（鎮定一點，這妞還真是沒見過世面）

不過，真正令我怦然心動，電到不行的，絕對是紙條上那端正挺拔的幾行字，我第一次看到這麼英俊，不輸劉德華（註釋一）外表的字，而且是寫給我的，這是我從出生到現在，頭一回可以聽到心兒在唱歌。

去公車站的路上，我是欣喜、愉悅又驕傲，再加上一點小不滿，不滿什麼呢？因為雨停了，我沒有理由使用我的戰利品。

走著走著，到了一個十字路口（麥當勞前面），天空又飄起毛毛細雨，哈哈哈哈，老天爺還是肯賞我一點顏面（內心戲好豐富的老貓）。

我站在麥當勞門口，準備在這人來人往的舞台，撐開雨傘，讓眾人分享我的喜悅，

炫耀我的快樂。

我像自由女神般，用左手高高舉著雨傘，右手則非常氣派的用力一拉，啪滋！一聲而已，傘柄斷成兩截。

摺疊傘不是會有兩節伸縮傘柄嗎？就這樣斷成兩截了，你們相信嗎？

這時候，黃燈即將轉紅燈，我馬上快速衝過馬路，逃離現場。不知道是跑太急還是被嚇到，我坐在公車上，都已經過了好幾分鐘，心臟還是跳的猛快。

我倒不擔心賠償問題，只是……我的形象難道就此定調嗎？哪個女孩子會有這麼大的破壞力，我在公車上不停捶打雨傘。

隨著公車開呀開著，我突然有了一個福至心靈的想法：發生這樣的事，唯一唯一的好處就是，在這個男生面前，我應該不用裝淑女，裝優雅了，我應該不會再發生比這更脫線的事情吧！（相信我，這只是個小case）

因為想到這一點，我在公車上再度感謝老天爺，它總是會為我這樣的人開一扇窗，讓我可以自在活著。

隔天，我很早就去學校，當然不是為了去上課，而是快樂的直奔自修室。東瞧瞧，西看看，終於找到那一個綠色塑膠杯，也看到了那個男生，端坐在書桌前，溫潤沉穩有風格。

當時我的心裡，只有一個想法：這個自修室，怎麼那麼香啊！

註釋一：劉德華，Andy Lau 一九六一年九月二十七日，香港演員、歌手、填詞人、監製及出品人，一九九〇年獲封為香港樂壇「四大天王」之一，也是金氏世界紀錄大全中獲獎最多的香港歌手。

來談談阿楓哥吧

這個男人從頭到腳，由裡到外，完完全全與老貓是截然不同。

並非只是「男生與女生」這麼明白的不同，而是價值觀、個性、喜好、處事態度

等，我們兩個就是天翻地覆的兩個世界。

老貓是射手座，自由奔放偶而愛冒險，阿楓哥是處女座，謹慎保守有時小矯情。

一開始是他的那一手好字吸引了我，除了我曾經仰慕的高中國文老師之外，還真沒看過哪個男生長的這麼端正挺拔黑亮黑亮的，字還寫得這麼漂亮。

不過，寫字好看就是個開門磚而已，真正讓我決定要深入交往的關鍵點是，他向我說了他的家世背景。

他不到三歲就失去父親，他的母親含辛茹苦養大兩兄弟，這中間嘗過的各式人情冷暖，整個聽起來就是個苦命小孩。

吸引我的點，就在「苦命？」這兩個字後面，我為它加了問號。

整體看起來，他就不像個苦命小孩應該有的樣子，他談吐進退有節、穿著整潔得體、勤於讀書運動、允文允武，這樣的人，來到我身邊，我在欣喜之外，其實更多的是好奇。

我好奇，究竟怎麼樣的一個靈秀母親，可以教養出這一個讓我抱頭想個三天三夜，也想不出一項缺點的男子？

我好奇，這個男人，怎麼會有辦法讓身上普通廉價的衣著用品，看起來都那麼高雅有質感呢？

我好奇，這個男人要怎麼一邊補習考研究所、一邊讀大學課程、打工賺錢、還要泡妞取樂，生活如此忙碌且充實。

「喜歡＋好奇」……慢慢變成「喜歡＋佩服」……慢慢延展出「愛＋信任」，再來就是「愛＋體諒＋包容」，我相信日後肯定還得加更多，沒完沒了，不過能怎麼辦呢！

這就是我選來要共度一生的人，應該會成為我沒有血緣的至親之人，他就是——黑帥阿楓哥。

求婚過程還真……

老貓外表看似溫婉秀雅乖巧剔透又美到讓人……（給我停止），其實內心是挺有主意的，不論符不符合社會價值觀，不論需要拐幾個彎才能到達，只要我認准，我都要完成任務。

我交付給自己的任務是什麼？既簡單又困難——我要建立一個快樂美好的家。

這是我從小的渴望，要完成這種任務，一定要找到對的人。

老貓在大學時就開始執行這項任務。我找到了阿楓哥，與阿楓哥交往期間，我常常對他進行各種測試考驗，很多時候都是兩難選擇題。

他對此很不滿，感覺不公平，其實他不知道我的用心良苦。

我就好比一個貧寒小農夫，纘著僅有的一點錢，要到市場挑一隻優良品種的種豬，來幫我的豬舍繁衍茂盛，所以不容一絲出錯。

測試結果……阿楓哥在我心中是個完美的……人（我沒有要寫豬喔！）

所以，有一天，我就向他求婚了。

為何是我求婚呢？因為當時他還不想結婚，他覺得工作才剛起步，沒什麼錢，就馬上進入婚姻實在太兒戲了，我們談了很多次，都沒結果。

為何我想結呢？因為我有任務要達成啊！

我還記得求婚當天的對話。

我說：阿楓哥，我覺得是時候了。

「是什麼時候？」

「是時候我們應該把結婚這麻煩事解決掉了。」

沉默……沉默……再沉默……

「阿楓哥，我們結婚吧！」

「好，准奏。」

就這樣，當時老貓二十五歲，他二十七歲。

從認識到目前

阿楓哥與我攜手走到現在已經好幾十年，不知道是我心沒變，還是他年少時，就長成現在這模樣，總之，他給我感覺就是永遠當初那一個青春少年兄。

四十幾歲是人生挺有趣的一個階段，不上不下的，很像青春期的小孩，總是不大不小，心情躁動不安。

有些人，非常「幸運」，老會遇到人生瓶頸，感覺上有老、下有小，想要一展鴻圖卻又怕拖累老小，但是心中那幾簇躁動不甘的火苗卻不停燒燃著，總覺得自己肯定有機會幹出點大事業來。

阿楓哥就是在這些心理掙扎中過日子。

老貓是認為，一個人要能不枉此生，內心世界肯定要經歷一番折騰，最後找到答案的那一剎那，才是真正成就自己在這人世間的意義所在，沒有找到答案之前，人生有可能就只是個瞎折騰。

我們也許要經歷過這些階段「發現自己、開發自己、展現自己、理解自己、放過自己，成為自己」，才能安生過日子。

以前算過幾次命，有三個算命師都提到，老貓擁有絕佳的幫夫運，聽一聽，我當然是很高興，但是，我也無法想像我有能力幫阿楓哥成為台灣首富。

唯一可以承諾的一點是，我會教育好下一代，不使他們成為啃老族（絕對不要伸手跟我們要一分錢，拜託、拜託），還會好好自我成長，不扯阿楓哥的後腿。

我要送給阿楓哥，老貓最喜歡的兩句歌詞（來自劉德華所演唱，「今天」這首歌），作為他的？？歲生日禮物之一

~~如果要飛得高，就該把地平線忘掉。~~

貓語記錄：

這部創作的內容，九成以上都來自於我與阿楓哥相識後，一開始就是由「跑步」這話題，轉而帶出我想要的人生基調：遇到一個對的人，隨遇而安卻又虔誠認真的經營人生。

其實，依老貓的個人標準來看，與阿楓哥真正的愛情，並不是發生在逢甲大學時期。

談戀愛的時候，頂多只能稱為「擁有穩固戀情」或者「費洛蒙爆發期」，至少老貓心中的不確定感是很高的。一直到結婚後，真正的愛情種子才開始有萌芽機會，經過多方考驗，在各種生活、人情衝擊下，卻還能保持濃濃情分，老貓才敢開始談「愛情」。

不過任何情分關係，都要有個開場戲，我很高興與我們緣分，是在逢甲大學校園展開的。

在這裡謝謝我的父母，把老貓生的人模人樣的，我相信這是阿楓哥會幫我在圖書館占位子的主因。

謝謝我的同學們，為我大學生涯，點綴多采多姿。尤其是我的學伴，沒有給你媒人紅包，可別抱怨啊，你應該知道是什麼原因。

感謝我人生最重要的朋友與愛人——阿楓哥，有你最大的包容與縱容，再加上老貓本身無可挑剔的一切，我相信我們的愛情路上，會走得挺順的。

最後，我是深深感謝老天爺賜與我兩個兒子，皮羊羊和悄虎，把他們生出來那一天，對我來講，絕不是母難日，而是人生燦爛美好又快樂的一天。

老貓
札記

第四回 皮羊羊加入我們了

老貓從小的志願就是當一個好媽媽，「好媽媽」定義就是，我的孩子會因為有我這個媽媽而感覺安全、幸福、快樂。我要我的孩子有這樣的人生體驗。

在二十六歲那年，終於有機會實現這個心願，那一年老貓生下皮羊羊。

經歷一番波折的懷孕經歷

老貓從受孕到懷胎二十八週都很正常，一般孕婦該有的體驗，我都一一體會接受，但是二十八週的一天下午，我突然陣痛連連，趕緊前往台北市立聯合醫院急診室（中興院區），那時為我急救的醫生說我隨時會生的機率達五成，一定要有心理準備，但他會盡全力保住胎兒，盡量留在肚子裡久一點，因為早產的存活率、品質都不好。

後來陸續來了兩位醫生，都是早產兒急救護理相關的專家，也對我和阿楓哥講解了一番，我當時內心實在苦不堪言，但又覺得事情還沒到最壞的程度吧，我以為點滴注射完就可以回家休息了，結果那醫生神情悲憫卻誠實的對我說：要做好心理準備，事情沒那麼容易。

一開始，我沒有認知到自己有早產的可能性，只覺得這醫生為什麼老講不討喜的話。後來身邊聚集越來越多人，他們神情越來越凝重，經過兩個小時，不停加藥打針吞藥丸，子宮終於慢慢沒那麼活潑了。

實在太感謝這位醫生，還有護理人員們，他們努力把我那躁動不安的子宮壓制住，不讓皮羊羊提早跑出來，但是我也開始了為期五十五天的住院安胎生活。

需要安胎的孕婦，通常就是有早產可能性的孕婦，在台灣估計有一成左右的孕婦可能會有安胎的需要，比例還真不小，我就是那其中之一。

視胎兒週數，和孕婦情況，會有不同安胎處理方法，老貓運氣特優，抽到需要住院臥床安胎的大爛籤。

整整八週的住院，我整個身心狀態可以分為四個階段：

一、痛苦又徬徨。

二、傷心不甘也要裝堅強。

三、接受現實，忍耐再忍耐，不那麼痛苦了。

四、開始能夠苦中作樂，直到出院那一天。

最難熬的一、二週

第一第二階段都出現在前兩週。

在身體方面，我的子宮每分每秒都要靠藥物壓制，才能讓寶寶安然待在裡頭，片刻都不能離開床，點滴及藥丸，肚子時刻綁著監測儀。

我必須完全平躺，上半身與下半身要保持一百八十度，只有吃飯時間，上身可以微微上來個三十度角，但最多三十分鐘，其他時間，依照醫師的期待，我最好當一具直挺挺的活屍就好。

頭兩天我是有些叛逆，還想要在床上擺弄各種姿勢角度，結果那些宮縮監測儀不停的吱吱叫，本來聽聽就算了，結果護士告訴我，那意味著胎兒有狀況，因為我每一次宮縮，就會影響胎兒的心跳，這樣一來，我連側躺都不敢了。

醫生用藥，分成注射點滴和吞服藥丸，有關注射，每天都會加重一西西，當時我的注射範圍從左手開始，後來左右手都插上點滴，到後來連腳都要加入點滴的行列，那可真的痛啊！

每隔四天就要尋找新打點，我的靜脈在那陣子被護士摸透透。

藥量加上去很容易，但要降下來是要經過三天的觀察，確認無宮縮，才能降一西西。

據我的記憶，從來沒有降藥成功過。

口服藥丸方面，從一開始的第一防線用到第三防線，已經沒有其他藥了，而且第三防線的藥雖有效，但用多了會中毒，所以時不時得抽血驗毒，如果發現累積量超標，就得停用，但也會因此又宮縮起來，還得加更多第一第二防線的藥，醫生的藥物劑量控制

真的非常重要。

這難熬的前兩週，除了被禁錮摧殘的身體，心靈方面也是很糟的，什麼事都不確定，芝麻小事也可以令人心跳加速，血壓升高，每天徘徊在沮喪又怨嘆的心境裡，我為什麼會落入這種局面啊！

我羨慕著每個可以在我床邊自由行走的人，甚至連清潔打掃阿姨都是我眼紅的對象。

我很感謝那些前來探訪的親友，但是在他們離去後，我就會陷入一種無以名狀的悲哀中，尤其在聽到他們低聲討論著等會兒要去哪吃飯，就會感覺大家都受累了。

點滴與藥丸都是很豪爽的節節高升，但就沒機會讓用藥量降低一咪咪，也就沒指望短期出院了。

當時我是很想要堅強的，因為我覺得醫療人員很盡力，阿楓哥在公司、醫院兩頭跑，更是辛苦的無法無邊了，我不想增加大家的心情負擔。

但是，我的悲傷與沮喪卻是洶湧奔騰無處可藏，白天隨時會有人進來，雙手都被點

滴針頭占據，如果痛快哭起來，肯定會被人發現，我無法接受這麼赤裸裸將痛苦顯示於人。所以我只能在夜晚，護士巡房後，聽到了阿楓哥的鼾聲，才開始讓自己卸下防衛與偽裝，縱容自己一下下，但也只能一會兒，因為我哭起來真的很麻煩，我的哭泣系統不允許我低調，眼淚多，鼻涕更多，我必須冒著針頭跑掉的風險來處理鼻涕問題，也製造了一大堆白白的垃圾，哽咽聲無法控制，會吵醒阿楓哥，另外最重要的就是，情緒波動大，就會影響到我的子宮，引發宮縮，到時候又是一堆麻煩事，所以哭泣這件事，我在住院頭兩個禮拜，很奢侈的用了三次之後，也就懶了。

長達五十五天的住院，時間對我來說，就是早餐、午餐、晚餐，只要吃完這三餐，我就為皮羊羊多爭取到一天的安全成長。

有吃就有拉，這是必然的，我安胎日子最不成人樣的，就屬「解放」最具挑戰性，請容我保留一些吧。

難熬的兩個禮拜後，漸漸沒那麼痛苦了，我開始盯著擺在我床邊的小本子，每隔幾個小時就要拿出來激勵自己一下，這小本子裡面不是記錄名言佳句，或者什麼投資理

財，帳號密碼等，裡面內容相當簡單實用，就是六十二個圈圈，這代表從我住院第一天到第三十七週的天數。

因為醫生說只要撐到三十七週，小孩就算足月了。

我每天最開心的一件事就是消滅圈圈，每一天結束時我就會冒險用右手拿筆，消滅一個圈，我有時甚至還捨不得一下消滅，我要存兩天不去動它，然後再一次消滅兩顆。

看著被我消滅的圈越來越多，我的心也越來越認命，平靜下來了。

慢慢接受現實的三、四、五、六週

兩個禮拜後，我開始進入第三、四階段，認清現實，忍耐一切，排除雜念，等待最好的結果。

我必須學會控制情緒，否則會影響子宮收縮；我必須學會珍惜為我付出心力的人；我必須樂觀面對安胎過程，不要徒增大家的心理負擔；我必須放下難為情，該怎麼樣就怎麼樣，只求安然度過每一天，為腹中的皮羊羊多爭取一些生存的本錢。

其實努力找找，還是有一些可以苦中作樂的地方。

住院幾天後，有一天早上，來了一個超帥的男醫生巡房，我得說他是我看過最英俊的醫生了，他問了我一些情況，我也喜樂從容的回答，那是一個擁有愉快醫病關係的早晨，我都差點忘了肚中不停要被推出來的皮羊羊。

我本來還想著明天他應該還會再來吧，可是明天又明天，來的都是我原來的主治女醫生，這讓我不禁開口問了護士朋友們。

其中一個聽到我的問題，見怪不怪的笑說：怎麼樣，他很帥吧，他是我們醫院公認最帥的醫生，可是……

可是什麼？？？

護士說：他結婚了。

什麼？！

好像嫌我不夠失望，她繼續補充說：他再過幾天就要離開這醫院，他要和老婆一起出去開業，對了，他老婆也是這醫院的醫生。

我和護士朋友們都感到某種遺憾，好像失去了肉骨頭的小狗。

其中有一個護士，人好心美的告訴我一件事，她說那個帥醫生曾經對著一群護理人員稱讚我是Q層住院病房中最有氣質的孕婦。

天啊！這一招太高明了。

因為這麼一句話，讓我日後的住院日子都不敢狂放展現真實情緒，因為我一定要苦撐那「最有氣質孕婦」的寶座啊！

除了看到帥哥醫生，得到一點小娛樂外，還有一件事讓我挺期待的，那就是「洗頭」。

對一般人來說，洗頭就跟吃飯一樣簡單，但對當時的我來講，這是經過討價還價，不停爭取才能得到醫生勉強同意的冒險活動。

洗頭這件事在住院三週後才被允許，整個過程大概花費十幾分鐘，洗頭阿姨很俐落的洗搓揉頭髮，稍稍按壓頭皮幾下，沖水，然後再重複一次，整個過程快的猶如彗星劃過天際般令人想沉淪，快的來不及發出讚嘆聲，我也不好意思要求多個幾秒，接著她就吹乾頭髮，完成這項讓我宛若新生的娛樂。

接下來好像又洗了兩次，住院五十五天，洗三次頭，也算不錯了。

終於看到安全的曙光

住院之前，我不是一個喜歡過節日的人，所以並不太在乎節日是如何過的。但是安胎到三十二週的某一天，剛好是中秋節，我特別感念那一天。

中秋節當天早上，醫生做了超音波檢查，保守估計皮羊羊已經二千四百公克了，這意味著，就算不小心蹦出來，也只需待幾天保溫箱，應該不會有太多的併發症，生存品質提高很多了。

那一年那一天，一家三口都在病房裡，我根本不在乎月亮圓不圓，但是從那一天開始，我就喜歡中秋節這個節日了。

腹中皮羊羊從一開始入院，超音波預測八百公克，慢慢一百、兩百的增長，到達二千八百公克時，我已經放心了，那時大概三十五週左右，健保給付到三十六周，

三十七週算是正常生產週數，所以醫生告知我三十六週就可以出院了。

在三十六週前幾天，我才有機會開始調降點滴注射，醫生叫我要開始練習下地走路，一開始至少先扶著床沿站一下，不要急著走路，本來還覺得醫生又在那小題大作，後來真正執行時，我就想要躲回床鋪，來場大嚎哭了。

我那兩條腿，經過五十多天的臥床，其實有點廢了，一開始坐在床上，腳垂下來時，感覺像被幾千萬隻螞蟻啃咬般難受，更遑論讓這兩條腿施力支撐我的全部重量。抱怨歸抱怨，我當然不能就這麼擺爛不訓練了。我自己在床邊站一下，坐一下，連續一段時間的適應後，才開始移動腳步邁開步子，一步，兩步，站一下，感覺承受不住時，再回來坐下，就這樣慢慢適應地球漫步的樂趣。

重新站起來後，雖然很多事要重新適應，心情卻是自在快樂且充滿希望的。

我記得出院前一天，護士撤掉我所有的點滴時，我那重獲自由的喜悅之情，讓我決定日後不再抱怨污濁的空氣，悶熱的天氣，以及無聊的生活。

出院後一兩天我還乖乖吃著藥，可是後來越來越沒耐心挺著水腫的軀體，吃藥越來越偷懶，結果沒幾天，那熟悉的宮縮痛感又來了。

兩天一夜痛到不行，居然還不生，還得打針催生，刺破羊水膜，那也很痛耶。經過這一堆功夫後，終於在懷孕三十七週，生下了三千三百三十九公克的皮羊羊。

貓語記錄：

「為母則強」的這一份愛，讓老貓可以身心正常的挺過安胎五十五天，這對當時二十六歲的我，是一場「當頭棒喝，打回原形，重新學習當人」的人間試煉。

我以前很想要追尋快樂充實的人生，經歷了這麼一回，算是摸到了其中一點小竅門。

這是老貓人生修道場上的第一道試煉。

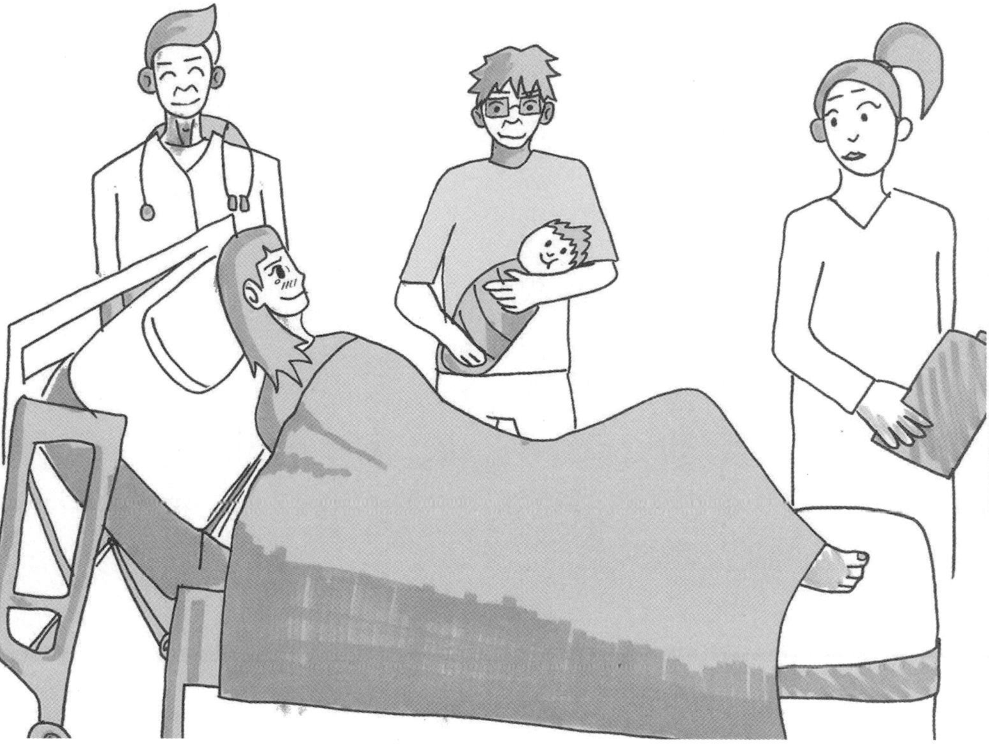

第四回

皮羊羊加入我們了

美國夢不是那麼美

皮羊羊雖然經歷「安胎」這個麻煩過程才來到這世界，卻沒有被安胎中那些負面情緒、如瀑布般湧入的藥物，給弄得稀奇古怪，他從小就是個能吃能睡愛笑又愛玩的寶寶。

我們在他出生五個月後，決定從台北搬到新竹定居，皮羊羊就這樣快樂穩定成長著，可能是家族裡第一個孫子，所以他受到親友們很多眷顧與愛護，造成皮羊羊老是覺得自己是天下第一可愛，非常有自信。

二○○八年，當時阿楓哥的公司指派他到美國幫公司處理業務，一開始說好只需要三年，就這樣，駐美代表阿楓哥帶著老貓和四歲半的皮羊羊來到美國過日子。

從得知有機會來美國，到真正踏上美國這塊土地，其實就三個多月，甚至不到。

在這麼短時間，老貓從一開始的狂喜不可置信，中間經歷很多大大小小糟心事，最後按照規劃，坐上飛機，飛往美國。

這一切的心路歷程，老貓都被興奮與期待冒險的心情給滿滿占據著，根本沒有空間留給任何不捨與惆悵，更不會想一想應該怎麼應對未知的環境，只知道，美國美國美國，好玩好玩好玩，自由自由自由。

我們一家三口，如同初生的雛鳥般不懂事，拍著毛還沒長齊的翅膀，就一噗一朴地飛出溫暖的巢穴，來到這個在電視上才看得到的國家，這才猛然發現，事情怎麼變成這樣，說好的美國夢呢？

兵慌馬亂：第一個月

一開始，我們錯在不懂事，居然只帶著現金六千元美鈔，就想要攻占異域。我們天真的以為，一工作，薪資就會發到銀行戶頭，我們就有錢，這樣要買什麼東西就都不是問題了啊，可是……

我們不知道在美國租屋、買保險、考駕照等，都要有社會安全碼，才能核發美國的

身分證，也才能夠讓薪水跑進銀行戶頭裡。從申請社會安全碼到核發下來，需歷時三個禮拜。

沒有社會安全碼，非但工作所得的錢進不來，也沒辦法考駕照，只能租車，連水電瓦斯租房子都必須先登記在美國友人名下。

壞就壞在，我們一開始沒有意識到這一個關鍵點，所以我們先去添購了一些必用家具，馬上就用掉了三千多美元。加上租車、健康保險每個禮拜就要繳九百美元，在美國這個連幫忙端盤子都要給小費的國家，靠著我們帶來的六千元現金，根本沒辦法支付接二連三的帳單，美國最狠的地方就是，只要遲繳一天，就得罰好幾十塊的美金。

第一個月真是整顆心都懸著在過日子，儘管如此，我們也不想打電話回台灣求救，阿楓哥可能是不想讓家人擔心。我則是在來美國之前，我老爹跟我說：去美國打天下，不准灰頭鼠臉被打敗，逃回台灣。

愛面子的我，怎麼可能才來到美國第一個月，就回台灣喊窮。

我們這對有夠天真的夫妻，加上整天無憂無慮，快樂似神仙的皮羊羊，就這麼辛苦的在美國開始了生活。

一開始，我們住在一間兩房一廳小公寓裡面，三個人擠著睡一張Ikea買來的雙人床墊，還好我隨身行李帶著一個小鐵鍋，另外我也在Ikea買了一只炒菜鍋，所以一日三餐就是小鐵鍋、炒菜鍋，輪流不停的運作。

唯一的外食店就是Arby's（美國一家漢堡速食店），這家店一開始吃，覺得挺新鮮的，四個漢堡三塊錢，我還說我們乾脆每天都吃這個過日子，可是過了十天以後，我就覺得很像在吃阿鼻屎了。

可憐的是阿楓哥，他說他常常夢到我們一家三口在街頭討飯，睡在街邊，所以他一個月後，後腦杓得到了兩個完美的圓形禿。

三個禮拜後，拿到社會安全碼，幾天後就拿到第一筆薪資，（美國都是兩個禮拜發一次錢），還清一些欠債，採購生活用品、家具。兩個多月後，海運寄送的行李，也陸續抵達，這下子才可以說整個心都踏實下來。

第四回

皮羊羊加入我們了

努力適應美國生活：第一年

接下來的一整年，我們三個人都各自為工作、學習、生活努力奮鬥著。

語言、高消費、醫療保險，是我們在美國掙扎適應的重點。我們因為語言問題，有時候被多收了錢也不知道，有時某些店員會當著我們的面講出一些輕視的話，銀行業務、水電瓦斯帳單問題，本來短短十分鐘可以解決，必須要搞到一小時以上，還不一定滿意。

美國與台灣的民生消費相比較，差距較大的應該是飲食方面。這裡除了速食店、流動攤販不用給小費外，其他每一家餐廳，一進去不管你是喝一杯咖啡還是一頓龍蝦大餐，都要給小費，大概是用餐總價一成至兩成。

市場上的蔬菜水果與肉，我覺得青菜比台灣貴，種類比台灣少，水果是當地產比台灣便宜，像蘋果、香吉士等，進口的比較貴（這不是廢話嗎？），肉有些比台灣便宜，像是雞、豬、牛肉，其他我感覺跟台灣差不多。

日用品衣服方面，如果沒有用的很奢侈，其實我覺得不會太貴，很多名牌甚至比台

灣便宜，但幾乎都是大陸、越南製。

租屋方面，我覺得是比台灣貴，像是我們兩房一廳，十幾坪小公寓，就要一個月美金一千一左右。

在交通方面我們也是覺得很貴，儘管當時只有一輛車，每個月的租車費用再加上保險，要繳到美金四百塊。

最後來談談美國醫療保險制度，這是美國給我們的一個大驚奇，不，應該說大驚嚇。來到美國最讓我害怕的，不是「講不通、聽不明」的英文，也不是難吃到爆的美國食物，高的誇張的外食費用，也沒有嚇到我。

但是只要提到醫療相關的事，我就會感覺心情一緊一縮，沒辦法放鬆。

首先，每個月要付健康保險費，像我們一家三口，剛開始每個月美金五百多，再來又調到六百多，最後升到七百多，每個月就算完全健康，沒有吃到一顆藥，也要付出這麼多。

如果某個月，有個不舒服去看醫生，還沒開口，掛號費基本就是二十五到三十五元起跳，有時候醫生只是問一下症狀，又得掏出八、九十元，更別提抽血檢查什麼的，兩三百美金跑不掉，這還不包含藥的費用。

只是個小生病，整個月花在醫療費用上面，都可以在台灣買到一輛達可達小綿羊摩托車了。

再來就是美國醫療保險最邪惡的地方：如果你的病症是之前就存在的，那麼現在的保險就不給予保障，這叫帶病投保，或先存病況（pre-existing condition）。（註釋一）沒遇過的人，不會理解為何有人發明這壞心的遊戲規則，為何美國人還乖乖的被宰著玩。

如果沒告知醫生之前有類似的病，被查出來，保險公司則不理賠；如果告知醫生，之前有過這樣的病例，保險也不予理賠，這到底是怎麼回事？

我們遇到了這羅生門醫療保險制度，也不理解為什麼？

有一次我去看病，這個病不算大，在台灣醫生只會開抗生素給予治療，美國本來應

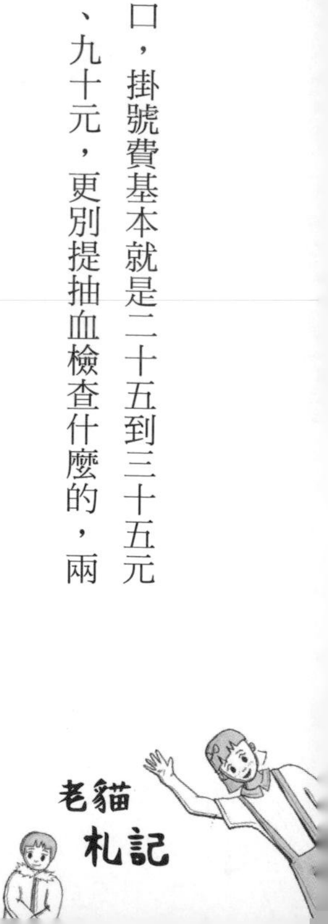

該也要這樣，可是因為語言或者我不懂遊戲規則，我跟醫生提到我在台灣也曾經犯過此病，結果醫生就在病歷表上面註明這一點。

後來我們收到帳單後，驚愕非常，因為保險不予補助，導致我們必須要多付美金六、七百塊，只是因為這個病在台灣發生過，所以美國的保險就不予補助，這實在太莫名其妙了。

每個國家都有他們的遊戲規則，要想贏得這場關乎生命的遊戲，我們必須要瞭解很多關鍵規則，才能夠有尊嚴，平安生存下來。

最慶幸的還是，我們有皮羊羊這個寶貝，他幫我們在很多社交生活體驗中，不僅提供樂趣，且為我們執行多場破冰任務。

註釋一：帶病投保，或先存病況（pre-existing condition）。在投保人保單生效日前六個月內患有疾病、受傷或懷孕之狀況，若投保人故意隱瞞的話是可以終止理賠的。

皮羊羊是個怎麼樣的孩子呢？

從小到大，他都很自立自強，想要追求什麼，就主動爭取，四歲半來到美國，什麼英文都不會，只會講 Apple 還有 I love you，後面那一句還是在飛機上，我臨時教他的。（我跟他講，只要學會這一句，就可征服很多人）

果不其然，他一下飛機馬上抱著前來接機的美國朋友大腿不放，一直 I love you I love you 講個不停，導致那朋友必須一瘸一拐走出機場，因為腿上纏著一隻八爪章魚。

快五歲的時候，他進入美國學校讀幼稚園，每天煞有其事的坐公車上下學，有幾次還坐過站，導致司機得開著一輛大公車，專門運他一個小孩回來。

我常常問他，在學校上課聽的懂嗎？上學愉快嗎？有沒有被欺負？

他的答案都算正面，他說：在教室，同學做什麼，我就跟著做什麼，實在沒什麼難的。

我想也是，皮羊羊其實非常喜歡與人交往，他屬於那種在群體裡會很舒服自在的人。

來到美國一年後，皮羊羊想玩樂高積木了，但我們哪有閒錢買那些。有一次他去教堂參加活動時，不知道跟那裡的大哥哥講了什麼。就在某一天，有人來按門鈴，打開門一看，居然是那位大哥哥送來一大箱積木（那是大哥哥小時候玩的）。

接著他很想玩電腦了，那時候他大概十歲，我們不想要他只是在那邊打遊戲，所以就忍痛買了一套EV3樂高機器人，一套美金四百一十元。

他是很期待可以跟爸爸一起玩，但是阿楓哥根本擠不出時間，我更別說了，連組合樂高都有問題。

可能一次又一次的期待落空，他沒有再來煩我們。幾個禮拜後，皮羊羊已經開始寫程式驅動機器人了，我們都很驚喜他怎麼做到的，他說他自己上網找答案，慢慢嘗試就做了出來。

在他五到十二歲，我們都沒有太花錢買玩具給他，因為皮羊羊都會幫自己做，想作什麼東西，就上網學，用一些回收物或者去買材料來做。

到了十三歲左右，讓我們驚訝的是，他對很多裝置，看一看，摸一摸，碰一碰，就能夠找出很多門道，小到水龍頭裝置、門開關的彈簧裝置、大到車庫門的彈簧鏈子裝置、還有各式各樣的電線電路設備，現在家裡設施大概有七成左右都是皮羊羊在修理。

每年萬聖節他都會幫自己設計新奇有趣卻不怎麼實用的裝置，帶出去顯擺炫耀，像是超大紙箱做成的Minecraft頭，一些我不懂的漫畫人物造型，超大機械手臂，或者是巨大且可以伸縮的蝙蝠翅膀。

阿楓哥很愛買電子裝置，幾乎都是皮羊羊先摸索出如何使用，再指導阿楓哥，其中一項是3D印表機，我們想要什麼裝置，皮羊羊就印出來，比如他最近想要一個可以安置手機和手錶的充電裝置，那他就自己設計印出來。

這也讓阿楓哥每次遇到難題，就會反射性的喊「皮羊羊」。

皮羊羊在廚房方面也是很有用（比阿楓哥有用），有些廚房的器材設施比我還會用。

阿楓哥每次要吃什麼，也會習慣性的喊「皮羊羊」。如今皮羊羊十七歲了，我們全家非常依賴他，真不知日後他上大學離開這個家，我們要如何過生活啊！

老貓
札記

皮羊羊的中文學習歷程

來到美國，發生了一件我想都沒想過的事：皮羊羊的中文能力從可以隨口唸幾首唐詩，退化成連中文數字123都不知道怎麼念，這個過程歷時半年而已。

我在震驚過後，開始買教材，教他注音，中文聽說讀寫，從五歲教到九歲，最後的結果居然是，皮羊羊大字不認得幾個，不太愛講中文，我們母子關係緊張。

阿楓哥決定把我這中文老師開除，把皮羊羊送到中文學校去學習，他以十歲高齡加入密西根中文學校四年級班。可惜的是，學了一年，他的中文依然保持爛爛的程度。

我想原因可能出在父母的心態上，我和阿楓哥都覺得，有加入中文學校有保庇，因此完全不管皮羊羊的中文作業，只要遇到平常有活動與中文課衝堂，我們一定選那活動，翹中文課，再加上皮羊羊那隨性散漫的個性，這樣是要怎麼學成一門學問啊！

我們真正覺悟是在皮羊羊準備進入中文學校第二年，他對我表示不想再去中文學校，感覺沒意思，他的中文根本沒進步。

我雖心有同感，但是內心深處還是希望他不要放棄。我思考了許久，有一天，我突然想到，為什麼我要讓皮羊羊一個人在那孤獨摸索，走這趟連我們大人都很苦惱的語文學習迷宮。

對於在美國成長的華人子弟，中文對他們來說，是比英文還難學的第二外國語，我必須接受且承認皮羊羊母語已經不是中文了，不再是我那從小就隨口吟唱中文詩，信口便可說出一段有趣中文對話的天才皮羊羊了，一切都要重頭來，從根本學起。

我決定去中文學校當老師，主要目的是陪著皮羊羊一起學，順便也學習操練一些中文教學技巧。我這個決定獲得皮羊羊大力的支持，他也因此願意繼續上中文課了。

從他十一歲開始，我們全家才真正嚴肅對待「中文」這門學問，它是生活、是文化、是凝聚我們全家最有力的一項重要因素。有幾次阿楓哥想要增長自己的英文口語，就在家拼命講英文，皮羊羊私下對我說，他覺得爸爸好像有點陌生了，不是我們家的人。

皮羊羊在中文學校待了六年，最讓他有成就感的事，應該是演講比賽。

他從穿著髒髒運動褲加雪靴，站在台上講著歪七扭八的中文句子，到第六年，也是最後一年，終於混出頭，他拿到了中文演講比賽冠軍。

在這之前，他每一年參加學校很多比賽，結果都是「志在參加，不在得獎」。那一年不只演講比賽，還有看圖說故事等比賽，樣樣拿到第一名。

照理說，我應該要為他非常開心，可是不知怎麼的，我卻只有淡淡的喜悅。

真正令我感觸良多，回味頗深的卻是他拿「優勝獎」的那幾年，每一年比賽後，回到家，他就會在地毯上滾個幾圈，自我貶抑幾句，表現一副受傷的樣子，這時我就會給他一些好吃的，鼓勵鼓勵他，通常他就會因此恢復原來的歡樂模樣。

有一回，打擊是有比較大，他躲在地下室好久，我擔心他心靈受創，會不會導致日後什麼發展不健全，就想去慰問幾句。

到了地下室，我看他坐在一堆雜物前面，不知道在搞什麼東西，我小心翼翼的問：

皮羊羊，你還好吧，不要太難過了，其實有沒有得名真的無所謂，重要的是……咦？你在做什麼？

皮羊羊一邊手不停，一邊回頭問：怎麼了，發生什麼事，妳在跟我說話嗎？

老貓：我是想說，你會不會心情不好？

皮羊羊：我為什麼要心情不好？

老貓：因為你剛才……不是覺得……拿到獎杯太小嗎？

皮羊羊：太小，太小從來就不是問題，我馬上把它變成大。

登~~登~~登~~

接著他就對我展現懷裡抱著的巨無霸獎杯，原來他把三個優勝獎盃拆開，東湊西弄就變成一個超級無敵高的大獎盃。

我懷念的就是他能夠這麼的自我陶醉，接受不完美，快速將它們轉化成更有趣的東西。

從皮羊羊身上，我體會到，與其要靠別人來幫你加持證明你的價值，不如自己念頭轉一轉，動手做一做，也可以得到某些奇妙有趣的成就感。

真不愧是我有用的兒子。

皮羊羊與父母的互動

老貓從皮羊羊十一歲左右，才開始記錄臉書，以下就分享皮羊羊十一歲到十六歲，生活中一些有趣的事。

皮羊羊十一歲

皮羊羊越大越喜歡挑戰我的母權。

前幾天我發現他一整晚都在那邊磨蹭瞎混，不作功課，我冷眼旁觀，不作聲色。就這樣混到了睡覺時間，他居然裝乖問我：馬麻，妳覺得學校作業跟中文作業哪一個比較重要？我應該先做哪一樣？

我一聽馬上怒極攻心，冷笑說：我覺得你哪一樣都做不了，你就只配得到我把你踹

的扁扁扁。

說完一腳飛踢出去，正中他的屁股，他還真的連滾了兩圈。

踢完後，我是有一點小後悔，好像力道大了些吧！

沒一會兒，他就連滾帶爬地過來抱住我的腿，喊著：媽媽，媽媽，不要再踢了。

我居高臨下的看他，語帶憐憫的說：皮羊羊，如果你肯按照計劃表來把功課作好，我絕對不會這樣對你。

他依然抱住我的腿，帶點哭音，說：媽媽，我是擔心妳跌倒，剛才妳踢我的時候，我不小心瞄到妳的大腿肉一直在震動，我擔心妳被震倒。

結果，他被我的手刀猛劈數十下後，居然講了讓我更氣的話：媽媽，媽媽，不要打我了，我不想看到妳手臂的肉一直在那邊搧風。

當天晚上，他成功地轉移沒做功課的焦點了。

皮羊羊十二歲

皮羊羊在中文學校六年級，參加中文能力SAT模擬測驗，那天考完走出會場，我問他考得如何？

他說監考老師一直站在他旁邊，搞得他緊張的直拔頭髮，頭髮掉得滿紙都是，讓他沒能正常發揮，他希望我饒了他這次。

聽他這樣講，我就知道考砸了，但還是不死心繼續問，聽力部分考得如何？

他回答：我想應該是一百分啦！

我就歡呼，表達欣慰。

接著他說：不過，有些部分聽不懂，我就不敢保證了。

皮羊羊對吃真的很沒節制

皮羊羊從小就懂得如何覓食填飽肚子，才剛六個月大就會自己扶著奶瓶喝奶。

現在已經十二歲，更是懂得吃，常常自己在廚房東攏弄西搗股，沒一會兒，就端著

一盤東西吃起來了。不只在家裡，在學校好像也不會餓到。

我會發現這一點是因為，他學校提供親子午餐時間，那一次，我就買了兩份三明治，去學校跟他一起吃午餐。才吃沒幾下，就有個女生提供他一瓶巧克力牛奶，說是協議好的，每天一瓶。

接著有位老師丟給他一盒糖果，說是表現良好，皮羊羊自己也搞不清楚是哪裡表現好。

總之午餐期間，他就是很忙，嘴巴咀嚼著食物，眼睛到處溜轉，居然還有餘力注意到我沒吃完的三明治，本來我想把那帶回家裡好好享受，也被他順便幾口就全部解決掉了。

還有一回，我煮了牛腱麵，應該是很好吃吧，皮羊羊吃掉了他自己那一碗，接著又吃掉我的。

對於兒子公然搶走我的食物，我是擔心多於不爽，我問：皮羊羊，你會不會吃太多了？

他說：只要好吃，根本沒有太多的問題。

吃完後，他腆著肚子，半躺在沙發上，說：馬麻，妳上傳臉書的照片，如果有我，要小心選，不要選太胖的。

我說：你要不要減肥一下，這樣會讓事情簡單一點。

他不屑的說：我才不管別人怎麼想。

我們繼續閒聊，五分鐘後，他就叫我壓著他的腿，他要做一百下仰臥起坐，我怎麼勸都不聽，結果做到五十幾下的時候，他就說牛肉麵快要吐出來了。

皮羊羊十三歲

好高的皮羊羊喔

皮羊羊接近十四歲時，整個聲音都變了，人也長得結實有勁道，只可惜內在趕不上

外在，實在幼稚得很，尤其是剛發現身高比我高的那幾天，每天都在找機會消遣我。

有一次，我跟他兩人單獨去散步，走著走著我就聞到了一股牛糞的味道，可能是有鄰居剛施肥。

我捏著鼻子，說：天啊！這可真臭。

皮羊羊就在我旁邊，卻說：沒有啊，我沒有聞到味道啊。

我說：不可能吧，你是鼻屎太多塞住鼻子嗎？再仔細聞聞。

他馬上就像訓練有素的松露豬豬，對著空氣一聞再聞，這下他終於聞到了，誇張的說：哇賽，到底是誰在這裡大便。

我說：有問題的是你吧，這麼臭，怎麼可能聞不到。

結果，他笑咪咪得意的說：可能是因為我比妳高的關係吧，距離地面比較遠，所以我會比妳慢聞到。

這樣的小孩，我當然會用拳打腳踢來伺候他。

我們繼續走著，隨便聊天，我又放鬆警戒了。

他指著一棵樹，說：馬麻，快看，有一隻烏鴉在上面玩羽毛，看起來好好笑。

我對鳥很有興趣，就伸頭探腦，說：在哪裡？在哪裡？我怎麼都沒看見。

他用手指隨意指著一個地方，我還冒傻勁兒，順著他指的方向猛瞧，還是連隻鳥影兒都沒看見。

一會兒，皮羊羊用手拍拍我的背，語氣中帶著一股藏不住的驕傲，說：算了啦！馬麻不用勉強了，這是比較高的人，才有辦法看到。

皮羊羊，長得比我高，真的不算什麼，好不好？

皮羊羊十四歲

自我感覺良好的皮羊羊

皮羊羊目前正式進入「要帥少年」階段，非常直接的，沒有給我任何的緩衝準備。

今年一月分之前，他可以連續幾天不洗澡，現在一天洗兩、三次；以前衣服隨便

穿，撿到哪塊布，就胡亂往身上套，甚至還敢穿我的衣服、鞋子去學校。現在每次逛街、他就吵著要買衣服，還要浪費錢買什麼燕尾服；現在出門，頭髮就要搞的很台灣古早味，頂著澎澎的油頭，對著鏡子不停的拋媚眼（看了真的好想開扁喔！）。

把自己打扮一番，是這個少男目前的生活重點，他覺得自己帥的不得了。

我看著皮羊羊這些搞笑片段，真的是生活一大樂趣。

皮羊羊也是一個社交狂熱分子，除了會流汗的運動社團，其他的社團他都非常熱中參與。

前幾天他放學回來，就躲在房間，在那邊看電腦查資料寫東西，我仔細一問，原來他加入學生會，需要競選幹部，他想要當「財務」，這會兒正在寫競選文。

我一聽，就很直覺得說：你若這麼愛做事，為什麼不乾脆去選學生會長就好了。而且你平常花錢如流水，我們家車庫拍賣的時候，你一樣東西都沒有賣出去，你確定有資格當財務嗎？

儘管皮羊羊相當不喜歡我的直言不諱，還是耐住性子解釋給我聽。

他說他很喜歡參與公共事務，也就是可以與人周旋的工作，但是經過他的評估，「學生會長」這職務，贏面不大，因為有六個人在競選，而且一當了會長，就會很忙，一個禮拜有兩天，必須要早上五點半就到學校，而「財務」這個位置，只有四個人競爭，勝算比較大一點，那是排名第三重要的職務。

我趕緊說：皮羊羊，馬麻相信你，做什麼事都會成功的。

他一被我鼓勵，心情又雀悅起來，開始分析競爭對手的優劣勢。

幾天後……

我問他選舉結果怎麼樣，他說隔天才會揭曉，不過他認為他在發表競選演說的時候，好像獲得比較多掌聲，其他人在講的時候，底下觀眾反應就虛虛弱弱的，而且他的朋友對他說，他的演講方式非常專業。

他說有一位競爭對手，當時坐在他旁邊，可能真的太緊張了，一下說嘴巴被牙套刺穿，一下又說要吐了。皮羊羊就一邊安慰她，一邊默默的把書包移到別的地方，可見當時氣氛真的不輕鬆喔！

不過，皮羊羊覺得這競選場跟「中文學校演講比賽」相比，簡直就是小巫見大巫，他還挺享受整個過程。

聽到這裡，我不小心脫口而出：皮羊羊，你會不會自我感覺太好了，其實如果沒選上也沒關係啦，一樣可以在學生會裡幫忙，不要把職位看得太重。

他又不高興了，說：對，我沒選上，我就直接在裡面當機器人就好了，人家說投票就舉手，人家說開會就傻傻的在那邊笑笑當個呆子就好了。

吼！少男的心真的是好難懂，講什麼都不對。

一天後……

皮羊羊在四個候選人中脫穎而出，變成「財務」。

一確定身分，皮羊羊馬上變得跩兮兮的，什麼事都開始計較了，叫他去搬個東西，倒一下垃圾，就滿臉不高興，說：馬麻，妳要知道，我現在是高中生了，學校有非常多事要做，妳不要再把我叫來叫去。

這什麼態度啊！我就酸他：對對對，倒垃圾這種簡單的工作，的確是會妨礙到財務大人的前途。

晚餐的時候，我們要求皮羊羊唸一下他自己寫的那篇競選文。

聽完，當下我只有一個想法：日後我們不能太聽信一些政客的政見發表，真的是灌水灌到決堤了。

皮羊羊十五歲

情人節就像馬卡龍

每每遇到像情人節，母親節，父親節，這種針對性高，且極富商業價值的節日，我都會希望上天能多眷顧那些失去伴侶、父母的人，讓他們的心能夠堅強一點，忍耐撐過這幾天。

這些日子，也就是地球自轉了一圈而已，沒什麼特別的，單身的繼續自在生活，成

雙成對的繼續安分過日子，希望我周遭認識的朋友們都是有情人。

我對情人節的觀感，如同皮羊羊製做的馬卡龍。

皮羊羊已經花了一個禮拜，每天練習製作馬卡龍，我搞不懂為什麼要發明馬卡龍？為什麼要有人幻想自己「不會走，就能飛」，硬要做這麼困難的甜品，為什麼？？？為什麼！！！

我可憐的兒子，如此的用心，如此的虔誠，待在廚房一站就是三四個小時，這還不包括他撅著屁股趴在地上觀看烤箱裡頭的馬卡龍變化的時間，他的雄心壯志就是，要做六十個馬卡龍給社團十二個女孩吃。

皮羊羊這個傢伙，他是一個極度沉醉在幻覺中的烘培師，馬卡龍是他搞了一個多禮拜還沒成功的的夢幻作品，兩天後就是情人節，為了這個沒用的節日，他要親手做沒用的馬卡龍，去學校秀給女性朋友們看，經過一再地失敗，終於用光了我們家所有的蛋還有糖。

他不管外頭路面冰凍，學校因此停課的情況，一直逼我出去採買這些材料，一聽到

我拒絕，甚至要自己衝出去買，我跟他保證隔天一定會去幫他買，他才稍稍平靜下來，去寫他的功課。

情人節前一天，剛好是密西根颳大風下大雪的時候，家裡的人，出差的出差，上學的上學，本來在這種下雪天，依我的原則應該要乖乖的待在家裡，不要亂動，以不變應萬變。

外頭下著大雪，導致整個車道都冰封，為了承諾，為娘的我只好強壯一點，趕快把車道鏟一鏟，花了半個小時，只完成一條小縫，我決定放棄，太累了，那個路面已經結凍，太硬了，每鏟一匙，我都要踹鏟子好幾十下才有辦法鍬起雪塊。

我就這樣開出去，看能怎麼樣就怎麼樣，只為日後皮羊羊不要在那邊埋怨母親偏心或者怎麼樣的，母親對他可是挺有愛的，冒著風雪出去幫他買那蠢爆的馬卡龍材料。

皮羊羊從學校回來的時候，看到我幫他準備好所有的材料，就很興奮的準備再來好好的製作馬屁龍。

我跟他說：你這根本就在自找麻煩，很多阿姨們都說這個馬卡龍製作難度很高。

第四回

皮羊羊加入我們了

皮羊羊回我：馬麻，妳根本不了解「努力」是什麼意思吧，還有，那些阿姨們以為我沒看到食譜上面寫的字嗎？誰都嘛知道這是高難度，就是因為難，我才想要挑戰。

接著，他一邊洗手一邊悠悠說：我這個禮拜總算明白了一件事，我真的不是做馬卡龍的料，我看我最會的就是嘴巴講一講而已吧！

我心想：兒子，你終於有一點知覺了。

他看我保持沉默，又說：嘿，妳這種時候不是應該要講一下，「兒子你好可憐喔。」這種話嗎？

我看了眼前這些混亂，說：兒子，等一下你有一整個晚上加上半夜可以做，隨便你搞，但是現在可不可以閃開，我要煮晚餐了。

花費了將近二十顆蛋，以及數不清的時間，不停的嘗試，他終於找到合適的溫度及配方。

皮羊羊給我嘗了一個作品，這個成品我給六十五分，給這麼高分是因為，這是我兒子辛苦努力的結果；給這麼低分是因為，我真的挺討厭馬卡龍，實在找不到它的優點，

又甜膩又費工。

皮羊羊在情人節當天，把所有作品帶去學校請朋友吃，他把外表烤壞的給他的男性友人；樣子比較好看的，就給女性友人。

皮羊羊回來非常高興，對我說：真是不可思議，我第一次做東西，竟被大家搶著吃。

我心想：這些小孩怎麼什麼都吃啊！

皮羊羊其實功課很好耶

皮羊羊是我們家第一個孩子，個性又是那麼隨和有趣愛熱鬧，所以我只想著要怎麼跟他好好的玩耍取樂過生活，除了中英文學習，我對他的學校課業成績等，並沒有放太多心思，因此常常對他在美國學校的優秀表現狀況外，感覺都是事情過了很久才知道。

例如：他在高一的時候，就被選為圓桌會議代表（每一個年級都會有一男一女為代表，代表學校對外參加校務會議。）

要當這個代表，學業成績好，是最基本的要求，一個年級大約有四百多人，先選出三十七位，再由這三十七位競爭者中，經過一層又一層的面試，最後會有一男一女出線。只要不犯大錯，基本上「圓桌代表」這個工作就是個鐵飯碗，從一年級做到四年級。

圓桌代表的工作非常簡單，每個月固定一天去各個地方開會，檢討本區學校老師們有哪些需要改進的地方，或者去本區中小學訪問學生們，聽聽他們的想法，也會跟當地社團或者老人家們共進早餐，這工作還挺出風頭的，也很符合皮羊羊的專長與興趣。

可惜的是，我在他當了一年之後，才瞭解他得到這份很榮譽的職務。

有一次我是真正愧疚了。

當時他要我載他到一個禮堂領獎。我沒多想，到達禮堂門口，我跟皮羊羊說：你領

完獎，就打電話給我喔。

他歡快答應著，穿著他那一身運動衣加短褲走進禮堂，雖然我看到好多車停在停車場，我都沒意識到這應該是個隆重的頒獎典禮，我只想著：就是領張獎狀而已，美國學校真愛瞎折騰。

兩個小時後，我接到皮羊羊的電話，就去接他了，到那停車場，這下子真有點被震到了。

停車場其實挺大，但是擠滿了車與拍照的人，我看到很多穿著西裝或小禮服的年輕孩子，各個手中都捧著一束比臉還大的花，全家大小在那開心照著像。

只有我的皮羊羊，我看到他穿著那一身不知怎麼回事的衣服，從那衣衫鬢影的人群中，靦緬的向我走來。

一上車，他就遞給我一份精美的獎狀，上面註明「總統獎」，接著他含蓄對我說：馬麻，頒獎時，好像都沒有人幫我拍照耶！

從那時候，我才知道我這個兒子是多麼優秀又體貼。

我對於沒有參與他的榮耀時刻感到非常愧疚，但是一陣子之後又忘了。

有一天我跟朋友講電話，談到有關皮羊羊的大學第一志願。

朋友問我：皮羊羊成績如何？

我不太清楚，就有點灌水回：GPA應該是3點多吧。（註釋一）

朋友一聽，就直接跟我說：這樣的成績是連想都不用想了。

我一聽有點沮喪，也在那邊連連感嘆兒子怎麼這麼不爭氣。

沒想到，我整個談話都被皮羊羊聽到了，電話一放下，他就搖晃著我的肩膀，怒吼說：馬麻，妳到底有沒有在關心我，我的GPA成績4.0好不好，我跟妳說了好多遍，有這麼難記嗎？妳是不是都在臉書上面亂講我的成績。

面對皮羊羊肉肉生氣的臉蛋，我還真有點愧疚，趕快說：沒有啦，成績又不是什麼了不起的事，我寫在臉書上做什麼。

皮羊羊火氣更大，喊：什麼，沒什麼了不起，妳覺得我這麼用功的讀書沒什麼了不起。

這渾小子喊到口水都噴到我了，最後我還得用母親的威勢來鎮壓他。

幾天後，他跟我說，下學年要加入辯論社。

我問：為什麼要把自己放入那種唇槍舌戰，費神傷腦的環境裡！

他回：馬麻，妳知道嗎？這一切就是因為妳造成的。~~我又怎麼了。

他說：我每次想要跟妳好好溝通討論事情的時候，妳就會把它變成一場戰爭，讓我只想把妳打敗，但是偏偏妳又很像一座牆，每次我講出去的話，都會彈回來，把我自己打得滿頭包，我覺得我必須要好好地訓練自己，以後跟妳溝通的時候一定要贏。~~好，兒子，我等你，不過我們溝通的時候，還是要用中文喔！

註釋一：GPA全稱Grade Point Average，俗稱績點，是由學生提交三到四年的成績單，進行加權計算得來。

GPA 4.0分制，漸漸成為很多大學錄取過程中的標準分制，老師在教學過程中，無論採用何種分制，成績最終會被轉換成4.0分制的成績。

A+ = 4.0 = 97-100　A = 4.0 = 94-100　A– = 3.7 = 90-93

B+ = 3.3 = 87- 89　B = 3.0 = 84-86　B– = 2.7 = 80-83

C+ = 2.3 = 77-79　C = 2.0 = 74-76　C– = 1.7 = 70-73

D+ = 1.3 = 67-69　D = 1.0 = 64-66　D– = 0.7 = 60-63　F = 0.0 = 0-59

很會演的皮羊羊

在日常生活中，皮羊羊的脫韁野馬個性與阿楓哥被動保守的調性，常常會擦出意外的火花，阿楓哥常常會在無意識中，把奔放狂野的皮羊羊，狠狠澆上一桶冷水，表面上衝突性高的關係，其實骨子裡會展現更強大的化學張力，皮羊羊和阿楓哥就是這樣的父子檔，他們都擅長理工方面，有興趣，肯花時間在電線電路，修補東西等技術不停延伸摸索。

儘管皮羊羊現在是標準青少年，卻沒有太多青春期的叛逆與暴衝，對爸爸是又敬又愛又衝突，這樣的父子關係讓我覺得很好。

■故事一

有一次我跟皮羊羊說了一個想法，結果他不敢下決定，只想尋求爸爸的認同，我就挺不高興，說：你不要每次我跟你說什麼，你就在那邊「爸爸說」、「爸爸覺得」、「我問爸爸一下」，爸爸爸爸爸爸，你是爸寶嗎？你沒有自己的想法嗎？

皮羊羊一邊玩著手機遊戲，一邊回我：如果我愛爸爸，妳就說我是爸寶，如果我愛媽媽，就被人說是媽寶，那我很愛流汗，你們是不是就要叫我「漢堡」。

■故事二

有一天吃晚餐的時候，我和皮羊羊談到阿楓哥。

我說：你一定要注意自己在外面的言談舉止，不要搞一些歪七扭八的怪動作讓人笑話，因為你爸爸是相當注重「面子」的。

皮羊羊馬上說：我知道今年的聖誕節，我要送把拔什麼禮物了。

我沒想到這會扯上禮物，問：是什麼？

他得意的說：我要送他一盒面紙，因為他最愛面子嘛！

■故事三

阿楓哥要回台灣出差，準備開車出發去機場時，我和皮羊羊站在車道邊，各自展現依依不捨的情懷。

皮羊羊演的很誇張，在那邊不停地：喔把拔，怎麼辦，歐把拔，這樣我好幾天都看不到你耶，嘔把拔……

我是聽不下去了，可是阿楓哥非常喜歡這一套，還在那邊輕語安慰：好啦，把拔過幾天就回來了，你要乖喔！

皮羊羊乖巧地說：好的爸爸，沒問題，把拔再見。

阿楓哥慢慢的把車子開出車道，準備轉彎，車屁股都還沒有轉成功，我就聽到旁邊的年輕人大聲嘶吼一字——Freedom（自由了）。

我被嚇到，就罵皮羊羊：怎麼可以叫這麼大聲，讓爸爸聽到多不好。

不講還好，我一講，他馬上一直「freedom freedom」叫個不停，讓我不禁質疑，阿楓哥是把他壓抑的多緊啊！

進屋沒多久，我就感覺我們屋子在震動，皮羊羊房間的音樂聲量，搞到牆壁都會動，地板也因為他不停的跳跳跳，一直在抖動。

我懶得說他什麼，青少年就是得這麼瞎搞，才會快活，關於這一點，我是可以理解。

皮羊羊中文不錯嘛！

我對皮羊羊的中文學習要求很高，卻也可以說無所求。

為什麼要求高？因為我們久居美國，皮羊羊是在美國長大的，我希望能夠永遠與他在心靈深處，牽繫著一條線，這條線除了要有健康良好親子關係，還要有共同互相理解的文化來滋養，語言是文化表現之一，如果他會中文，那麼就跟我有著同樣的文化，我

們日後會保持著互相理解的機會。

無所求的地方在於中文學業考試、比賽成績好不好？對我來說，那些都是無意義的數字，無法表明我兒子與我心中那條線的品質好壞，堅韌與否。

有一段故事，讓我覺得皮羊羊的中文學習已經邁入我心中的理想軌道，我不是說他多麼會中文，而是呢？他已經可以感受到使用中文的樂趣所在，而且臉皮已經厚如堅石，很難敲碎。

這個故事發生在二〇一八年那一場中文學校演講比賽，以下我的作法，可能會讓大家很難理解我為何要這樣作弄自己的兒子，但我當時有一個說不清，道不明的理念，想要實驗在我這一個可塑性很高的小孩身上。

比賽當天早上，看到皮羊羊練習著他的演講，我突然問自己，皮羊羊一直重複這樣的模式，意義究竟何在呢？

如果只是要不停地重複同樣的句子，何至於需要參加演講比賽。還不如利用這難得機會，臨時加入一些表演元素，看看臨場效果如何？

所以我就跟皮羊羊提出我的想法，他一開始是覺得我提出的時間點未免太誇張了，但是在幾秒驚訝後，他也躍躍欲試，就開始想點子，要怎麼把平淡變得更有滋味呢？

我覺得其中一個「脫衣服」的點子還不錯。

我想像著他，在好多人面前，一邊帥氣的脫衣服（西裝外套），然後還能夠從容不迫的把話講清楚，雖然這個劇情設定有點牽強，可是那畫面真的是帥透了，所以我們母子倆就開始練習這樣的演講模式。

才練了兩次，就遭到阿楓哥嚴重的抗議，他大吼大叫說我在糟蹋他兒子，把皮羊羊整個教壞了。

皮羊羊對阿楓哥有一種天然的畏懼，馬上整個倒向他那一邊，一起來圍攻我，這讓我覺得很失望。

那時候距離演講比賽大概就兩、三個小時，到了比賽會場，我就要開始忙很多事，無暇管他了。

可憐的皮羊羊，被我這麼一唆弄，心情也變得很搖擺不定，不停問我該做什麼樣的

選擇。

我就跟他說：你今天可以乖乖地照稿唸，我相信你會得一、二名，但是我對你的期待是，你日後會遇到很多人，會發生很多突發事件，絕對不是你今天得個一、二名就可以應付的，我覺得既然都辛苦參加比賽了，為什麼不利用這次機會試看看，你到底有沒有隨機應變的能力，反正你不會有什麼損失，頂多可能丟一點點的臉，好處是，日後你也不用怕講中文會丟臉這件事了，你去旁邊想一想，自己決定，不管怎麼決定，我都會覺得很好。

（阿楓哥那時候已經罵到無力了）

皮羊羊後來排隊入場的時候，跑來跟我講，他決定要挑戰自己，我很高興的同時，也很擔心，因為我回去肯定會被某個人一直唸一直唸。

後來的後來，他們父子倆都不想承認，但是真的就從那時起，皮羊羊跳開面子的束縛，開始自在的使用中文來講各種逗趣話。

我順便講兩起有關皮羊羊中文冷笑話。

■第一則

有一天，我們全家坐著車，在回家路上，遇到了路邊一隻孤獨的火雞。
我就說：唉呀，這火雞太危險了，我們是不是應該把牠帶去別的地方？
阿楓哥就說：去哪裡，我的五臟廟嗎？
皮羊羊說：不是啦，我們應該帶牠去更溫暖的地方，譬如說……烤箱。
到底是誰說皮羊羊是暖男啊？

■第二則

我平常對付皮羊羊就是用「吃」來教他讀書，做事，練各種有的沒的。
最近他進入高爾夫球隊，所以每天都要揮杆，記錄分數，太差會被教練罵。
我就鼓勵他如果打球很棒，就可以吃哈根達斯冰淇淋。
有一天他回來，我照例開口第一句就是問：你有沒有打的很棒？

他回答：我有棒啊！

我一聽滿意了，說：好，你可以去吃冰淇淋。

他馬上快樂的吃起來了。

晚上吃飯時候，我問他打幾分，他跟我說了一個分數，我整個氣起來，吼：這什麼爛分數，你不是說打得很棒嗎？

他那欠揍的臉，笑咪咪說：我有棒賽啊（台語大便的意思），只是少講一個字。

的確啦，他每次從外面回來，第一件事情就是去棒賽。

✧ ✧ ✧

阿楓哥對皮羊羊的男性、女性友人態度反差非常大。

皮羊羊有一個韓國好哥們，叫伊森。

有一次，皮羊羊跟阿楓哥講：伊森等一下要來我們家喔！

阿楓哥漫不經心說：來就來啊。

繼續做他的事沒什麼動靜。

過了幾天，我從外面回來，看到阿楓哥忙上忙下，擦東擦西，移這移那，我還以為是有什麼貴客要來。後來才知道皮羊羊從學校打了一通電話，告知爸爸，他要帶女同學回來做科學實驗。

我覺得這也太差別待遇了吧！

多才多藝皮羊羊

皮羊羊是個興趣廣泛的人，其中最讓我稱道的就是「廚藝」和「修理東西」。

有一天，我讓皮羊羊做了SAT模擬考試（註釋二），他考的不是太理想，一得知成績，他就跑去躲起來，一整個屋子，我怎麼呼喊都找不到人，最後在他房間的被窩裡找到。

問他怎麼回事，他就說怕被罵。

我說：沒關係啦，我相信老天爺是公平的，你有一個缺點，它就會補給你另一個優

點，我覺得你的長處可能在煮飯方面，趕快去煮晚餐。

沒過一下子，他就煮好幾道出來了。

看樣子，明天再給他一次考試，也許又能夠吃到一頓大餐。

另外一件事就是一把壞掉的雨傘，這把雨傘是我從台灣買回來的，沒用幾下，傘柄就壞掉了，我不敢置信，氣到把它往牆上槌幾下，就丟進回收桶，我還特地把它藏在一些紙箱下面，因為我怕皮羊羊看到一定會撿回來。

果然沒多久，皮羊羊臉帶怒氣，對著我說：馬麻，妳怎麼可以這麼浪費，把好好的東西丟掉。

我說：你看那個傘柄壞成那樣，叫我怎麼用！

他馬上回：馬麻，妳辛苦把我生出來是做什麼用的，當然就是要幫妳修東西的啊。

他說完這些甜蜜的話，就馬上把這支雨傘藏到我絕對找不到的地方。

皮羊羊拿走這把破傘是在二〇一八某一天，等了一年後，我終於在二〇一九某一

天拿到一把修復完成的雨傘，感覺久別重逢朋友般，傘柄已經修好，上面還刻了我的姓氏。

雖然維修效率比較低一點，但是他平常在家裡修修補補，工程太多，我這把傘就被排在一年後完工。

皮羊羊的修理改造範圍不只是雨傘這類小東西，舉凡水龍頭、馬桶、車庫門、櫃子安裝等，他通通做過，所以我們家裡的很多設備工具，有時候他比阿楓哥還熟悉。

我們學區在二月下旬有一個禮拜的長假，皮羊羊在放假前問我：放這麼多天，要怎麼打發時間呢？

我說：你放心，馬麻絕對不會讓你覺得無聊的，我會讓你成為天底下最有用的人。

我跟皮羊羊講了樓下廁所需要改造的事情，整個計劃流程包括拆卸舊裝置，鋪地板，刷油漆，安裝水管，洗臉櫃台等等（當然阿楓哥是主力）。

等我跟皮羊羊講完這些計畫，順便問他：你會不會覺得你太可憐了，別的孩子放假都在玩，你卻必須要幫忙家裡做這些事。

我其實就是隨口問問，結果他居然反問我：馬麻，有一個硬幣，你每擲出七次，出現四次頭像的機率是多少？

我回：啥迷？？？

後來我問他，為何要問我這種風馬牛不相干的事，他就回我：因為妳問了我一個無聊的問題。

註釋二：SAT 考試是由美國大學委員會所主辦的學術能力評估測試（Scholastic Acessment Test）。這是全球高中生申請美國大學是否能錄取，或可否申請到獎學金的重要參考之一，有點類似「美國高考」的概念。

除了SAT，其他還有ACT、GRE／GMAT主要以測驗學生的邏輯分析能力為主。

SAT考試主要分成，推理測驗（Reasoning Test，又稱SAT I）和學科測驗（Subject Test，又稱SAT II）兩種。

推理測驗又有數學，實證式閱讀與寫作。

這些項目的成績將會成為評鑑學生英文程度、閱讀能力、數學推斷能力、寫作能力的

依據。同時，這也是預測同學入大學後的參考資料，和各學校畢業生的程度參考。每個項目最高八百分，總分是一千六百分。

測驗中，作文（Essay）被列為選修考試，同學若只選擇基本科目測驗（數學、實證式閱讀），考試時間共三小時，若多選寫作的話，時間共為三小時五十分鐘。

根據之前的數據統計，九成一的菁英學生成績落在1470—1560分。

皮羊羊十六歲

皮羊羊是個有福氣的小孩

他總是可以找到有樂趣，又符合他志向的活動來享受青春。我想也只有在美國，可以在高中時期（高三老學生了）享受多采多姿的社團生活。

他目前參加了五個社團，計有：學生會、跳舞k-pop、機器人設計、辯論社、高爾夫

球隊。這些活動，全都可以滿足他有創意，高EQ，又愛耍帥的天性。

唯獨「跳舞」這件事，我一直希望他放棄，但是他緊抓著不放。

我希望他不要參加跳舞社是因為，團員全部都女生，這年頭，美國長大的女生，其實個性都非常強勢，我擔心我兒子會被吃死死。

另外一點，我也期待他多一點哥兒們朋友，異性雖然可以當朋友，可是到一定的程度，說話做事，同性還是比較方便。

不過這只是我個人心思的百轉千迴，皮羊羊哪有在計較這些，聽到我這些想法，他就是裝出幾聲豬叫，表示對我的嗤之以鼻。

後來我就算了，沒有做什麼負面的事就好了，要當舞棍就去當舞棍。

有一天晚餐時，皮羊羊含羞帶怯的對我說：馬麻，我在k-pop有粉絲了。

我說：哦！粉絲，你是說可以吃的那一種，還是看到你會尖叫的那一種。

他生氣的瞪我，說：為什麼妳什麼事都可以扯到吃？

我趕快道歉，恭敬的問：那這樣需不需要我幫你準備太陽眼鏡，免得你在學校被粉絲騷擾？

他還給我認真想一下，正經八百的說：目前應該是不用，因為我粉絲不多啦！
我趕快追問：不多是多少？
他就害羞的伸出一根、兩根、三根手指頭。
看到面前可愛的三根手指頭，我也沒什麼話好再講，只能誠心對他說：皮羊羊，好好經營你的粉絲團吧！

皮羊羊真的會中文嗎？

皮羊羊高二以後，學校活動變很多，我們就決定讓他退出中文學校，我也心理準備著，他又要回到破中文狀態，不過，他的語言發展倒是出乎我的意料之外。

有一天下午四點左右，我躺在床上，眼睛閉著聽音樂，正當身心靈都進入另一個境界的時候，突然感覺腳部傳來一陣陣似有若無的癢，這時音樂正到最動情之處，我就選

擇閉眼繼續聽歌，可是癢癢癢已經到達我無法忽視的地步。

我一睜眼，就看見皮羊羊正用一根棍子綁一條細線，像是釣魚竿的玩意兒捉弄我，我從床上一躍而起，要去狠踹他，那大傢伙兒當然一溜煙就跑走了。

這個小把戲其實就是皮羊羊的道歉方式，因為在這之前半小時，我們才剛吵完架。

吵架原因很無聊，可能是皮羊羊使用中文的能力還不夠，我覺得他敘述事情欠條理，不清不楚，不講重點，盡講一些沒用的語句，然後自以為對方都了解。

我因為不了解他說什麼，就問了幾個問題，他就用一副我是蠢爆，不客氣的態度來回應，也因此快速點燃我的怒火。

我們不歡而散，各自去做事情，我跑來聽點音樂，結果就收到皮羊羊這樣的道歉方式，這麼可愛，我們當然又和好了。

接著，我到樓下準備煮飯，他也湊在一旁討好的跟我找話題聊，本來還覺得不錯，可是聊著聊著我覺得有些不對勁。

譬如：

我說：這個肉拿出來退冰已經有一陣子了，要趕快煮，不然會滋生細菌。

皮羊羊說：當然是要趕快煮，媽媽妳不用「野人獻曝」吧！

我說：皮羊羊，那個咖啡機應該要清理一下，不然卡太多咖啡粉，機器會壞掉。

皮羊羊跩跩回：這個大家都知道，妳不用「野人獻曝」了。

我不信邪，就說：皮羊羊，你把椅子擺到另外一邊去好不好？

他就回：馬麻，我本來就要做這件事了，妳不要在那裡「野人獻曝」。

這下我知道又被耍，我說：你不要以為你學了成語，你就什麼句子都用這個成語，你到底知不知道這什麼意思啊？

他就說：我當然知道這什麼意思啊！妳又在「野人獻曝」了。

當我準備大吼，他很機靈，趕快雙手按住我肩膀，說：停，冷靜一下，我知道妳準備要來罵我，但是我這樣做是有原因的。

我冷哼回：會有什麼屁原因？

他說：我是希望妳可以高興，所以呢？我就想把成語放在一百個句子裡面，這樣至少會用對一句，你只會記住我用對的那一句，直接忘掉我九十九個用錯的，然後妳就會覺得我中文很好，也會因此很高興。

第四回

皮羊羊加入我們了

我真覺得皮羊羊，你真的是好野人。

（我後來去查了一下網路，怎麼發現「好野人」是有錢人的意思）

很MAN的皮羊羊

二〇二〇全球陷入新冠病毒的超級戰役裡，一月、二月，全球各地開始病毒大抓狂。

我們住在密西根，我們學區三月十三號宣布停止上班上學，一切教學都在家用網路來進行，家長老師們開始淚水往肚裡吞準備奮戰，有些學生孩子們則開始高唱「歡樂頌」。

其中有個小孩叫皮羊羊，我不太確定他的心情如何？可能介於悵惘與歡快之間吧！

皮羊羊本來在三月十四號要考SAT（有一點點類似台灣的聯考，每兩三個月舉辦一次，可以考很多次），這個考試有可能是他在家裡地位的轉捩點。

去年他第一次考，成績普普，我們就想說要花銀子把他送往吸金魔鬼訓練營（印度人辦的，兩個禮拜就要美金一千四百六十元，類似台灣的考前衝刺班）。

「聽說」要報名這訓練營，必須在年頭報名，年尾才有機會加入，印度人早就把這些名額全部搶光。

「聽說」它可以把SAT的分數拉到閃著銳利光芒的分數。

好多讓人血液噴騰的「聽說」，讓死摳錢的我也非常動心了，可是……

皮羊羊說：不要，我不需要去，錢不是用來這樣浪費的。

阿楓哥勸說：沒關係啦，只要是用在學習上，你不用幫我們省這個錢，這些錢我還出的起。

我在旁弱弱的說：這可以幫助你少走一點彎路，告訴你一些考試訣竅，你考好一點之後，拿到獎學金就可以賺回來了。

皮羊羊看著我們，像看著一對敗家子，痛心說：為什麼要這樣浪費錢呢？為什麼你們不能相信我呢？

這時候的皮羊羊很man，讓阿楓哥和我都挺欣慰的，阿楓哥決定要給真男人一些鼓勵，就說：皮羊羊，只要你靠自己考到一千五百分以上，那這補習費一千四百六十元就是你的。

對於這個方式，皮羊羊欣然接受，不過嘴巴還要在那邊嘟囔著：我們家自己的錢，流來流去有什麼用，我要賺的是別人的錢。

還挺會說的嘛，那你就要有本事考好一點啊！

那段時間，我終於有機會看到皮羊羊坐在書桌讀書的模樣了，一本一本的筆記課本，加上兩個電腦螢幕同時播放著不同的數據，好像在搞什麼大事業。

我記得那幾天，他大概都晚上十二點左右才睡，結果三月十三日就宣布三月十四日考試取消，我相信皮羊羊心情是五味雜陳。

後來我們給他做了三次SAT模擬考，很奇怪，有兩次成績都是一千四百六十，非常詭異。

密西根州政府宣佈在家隔離之後，我們母子倆趕快跑去Costco搶物資，還真沒什麼好買的，只剩下一些罐頭醃製品等大饑荒才會想吃的東西。

皮羊羊叫我買麵粉，我說：買麵粉做什麼，我懶得做，你又沒有時間做。

皮羊羊一副可憐樣，說：我是想做啊，可是我在那邊煮飯做蛋糕，把拔一定會罵我，他只會叫我去考SAT，我卻只想烤蛋糕而已。

我聽到煮飯這件事，馬上說：皮羊羊，你放心，只要你肯煮飯，我一定會罩著你的，你爸爸那邊我來處理。

說這麼多有什麼用，我們到麵食區一看，麵粉、米、五穀類的東西早就被搶購一空了，麵包吐司也剩下幾條被翻爛的，孤單躺在架子上，衛生紙廚房紙巾什麼的日常用品，也是一包不剩。

這是怎麼回事啊！

新手駕駛皮羊羊

美國新冠疫情肆虐高峰期間，對現實比較有知覺的人們，就會盡量不要接觸人群，購物大多採用網路訂購，然後再到商店外提貨。

有一天，皮羊羊開車載我去商店拿訂好的商品，這趟旅程對我實在是個折磨，可是又不得不給他這種練習機會，因為美國青少年要拿到駕照必須去駕訓班上課，加上五十個小時的路上開車時數。

這段防疫期間，皮羊羊沒辦法去駕訓班，那就剩下好好累積開車時數，只要旁邊有一個擁有駕照的成人，就可以開車上路練習了。

一路上，氣氛實在不算太好。

譬如：

我「輕聲」請他開個窗戶，他就大喊：妳是要讓我用一隻手開，然後發生車禍，妳以為這種事沒有發生過嗎？

開到學校路段，我說：現在學校都關了，你不用開這麼慢吧！

他就又神經質叫：誰能夠保證大家都知道這件事，妳以為大家都知道，也許警察不這麼認為，妳要我被警察攔下來嗎？

跟一個緊張兮兮的開車新手，在同一輛車裡，就是很麻煩，他還說：如果是把拔坐在我旁邊，就不會叫我做這些動作。

聽到這個，我整個大冒火，他又說：不要在我開車的時候，跟我做這些無聊的辯論，會讓我開車不專心。

我太生氣了，有幾分鐘不想講話，他又說：妳這樣子保持沉默，會讓我無聊到睡著，也會影響到我開車的安全。

接著，這個多嘴的人又說：其實我覺得，把拔坐我旁邊的時候，我就是抱著學習開車的心情，但妳在旁邊，我就是正常開車的心情。

我白眼回：那是怎樣啦，囉嗦男！

他說：我是在說，妳坐在旁邊，我心情是比較輕鬆啦。

我想也是，整趟路不停的氣我，我還不敢施展平常的力道來拍扁他，就怕影響了他開車的心情。

他連這一點也注意到了，還敢在那嘿嘿笑說：開車是我唯一能夠發揮的時候，因為妳完全不敢反擊我，哈哈哈！

貓語記錄：

老貓覺得自己平常折磨皮羊羊的手段，真的是太心慈手軟了。

第五回 悄虎加入我們了

悄虎是我們來到美國第三年才加入，算是一個道地的美國人，這沒什麼，比較特別的是，他一出生，就是一個價值千萬的尊貴寶寶，這都得感謝美國那黑心的醫療保險制度，其中一項「帶病投保」（pre-existing condition）讓我懷悄虎時不敢跟醫生提之前第一胎的安胎病例，怕保險不給予補助。

但是這種「想太多」的心態，鑄下之後懷孕很多麻煩事，差點負債美金三十五萬（合台幣約一千萬），也差一點小命不保。

感恩節的禮物

再懷一個小孩是我和阿楓哥共同的期望，我們在二〇〇九那一年的感恩節播種成

功，一得知這個消息，大家都好快樂又興奮，但是這情緒只維持了一、兩天，接著就得面對一個大煩惱——醫療保險問題。

數月前，保險公司因為帳單支付的認知問題，也就是「它說我們沒有付某個月的帳單，但我們確定有付」這樣的羅生門，而把我們踢出保險公司。

本來是很生氣的事，可是再想一想，每個月要繳七百多元，保費這麼高，乾脆藉機換別家也好。

這些事都是阿楓哥在負責，但是他工作很忙，所以也沒有花心思尋找新的保險公司，所以我們有三個月是沒有醫療保險的，這在美國是有點危險，我們絕對不能生大病、出意外。

美國每年有五十三萬人因為生病付不出醫藥費而破產，這真不是遠在天邊的報章雜誌報導，而是活生生的絕望事實。

但誰知道，老天爺會在感恩節送給我們第二個寶寶，感恩之餘，才發覺慘了。

這就是我說的大煩惱，在美國懷孕，沒有醫療保險的人，就好像一個身處砲彈密集轟炸區的人，隨時都會被炸得粉身碎骨。

平常看個感冒，在有保險的情況下，都要付出美金一百多元，何況是沒有保險的情況下，懷孕生產等各種高風險的醫療呢？

當時想要找別家保險公司，但是在美國的保險制度下，只要妳是孕婦投保，保費就會獅子大開口。

還好阿楓哥準備了一大堆書面資料，直接去原來的保險公司，與他們行員面對面交涉，經過兩次的斡旋，終於又回到原來的保險行列裡。

摸摸鼻子支付了我們根本就沒有使用過的三個月保費，總共兩千一百多美元，。

現在來看，這個決定是很英明的，我日後因為懷孕而延伸出的很多醫療費用，最後帳單顯示保險公司支付高達美金三十五萬元，加上我們自己也支付一萬五千美元，才搞定這一齣讓人頭痛的大戲。

以下開始來說說，我這個矜貴的孕婦，到底是如何搞出「台幣一千多萬寶寶」的懷孕過程。

第五回

悄虎加入我們了

充滿驚恐的懷孕過程

驚恐指數：初級

我從懷孕到生產，日子好像不怎麼平靜，除了孕吐非人過的一個多月，還搭了三次救護車到醫院。

在懷孕五個月左右，某一天跟朋友去吃韓國料理，結果當天晚上，我就吐到不行，而且肚子也很痛，硬的像顆石頭，阿楓哥和我都很慌，可還是得處理，我們叫了救護車，當時有一個鄰居太太，她看到我的情況，就自願幫我們照顧皮羊羊，真是一個很好的人。

當時我躺在二樓房間床上，儘管肚子很痛，心中卻很是好奇，美國的救護機制是否像電視演的那樣。後來，我沒失望，美國的誇張真不是蓋的，我們小小的房間，居然擠滿了救護人員、消防人員還有警察，這也配備太豐富了吧，警察有必要來嗎？又不是命案現場。

我們當時租兩層樓的房子，樓梯其實挺窄的，美國人又很大隻，我感覺他們自己走都已經快要塞不下了，還得抬一個擔架，沒錯，擔架上的就是被五花大綁的我，我被傾斜幾五十度角的從二樓房間抬下來，如果不是肚子硬痛得要命，我會覺得挺好玩的。

到了外面，果然看到三輛車，救護車、消防車、警車，停在我們那不算寬的街道上。

接下來就是體會我人生第一次乘坐救護車，一開始我就是好奇多於恐懼，但是，乘坐一會兒後，我得說，除非人是真的完全昏迷，否則，只要還有一絲絲知覺的人，就會跟我感覺一樣爛透了，被搖到只想吐膽汁。

到了急診室更是讓我見識到了美國驚奇，我在晚上八點多坐救護車到達急診室，等了一個多小時來一個護理人員，問我基本資料，以及會不會痛；接著再等了一個小時，又有護理人員出現，問我會不會痛；後來陸續有人來，還是問會不會痛，好像有打一瓶葡萄糖水點滴。

我從九分痛降到零分痛，已經十二點多了。

凌晨一點，又來了一個年輕醫生，也是把問題從頭問一遍，接著再來另一個比較資

深的醫生，問過幾個問題，就叫我出院了，後來他們說，我可能是因為吃壞肚子而引起肌肉緊繃抽筋。

算了，沒事就好。

驚恐指數：中級

接下來事更大了，懷孕到接近六個月左右，也就是二十二週的時候，我去產檢，結果被叫到醫生辦公室，裡頭有兩位女醫生，一個年紀較大，一個金髮妞很年輕，可能是老鳥帶菜鳥，所以由年輕的來起頭，跟我們講解超音波的結果。

她畫了一顆頭顱，多出一小粒東西，叫囊腫，兩邊腦也不一樣大，阿楓哥邊聽邊查單字，解釋給我聽，這下子我是傻掉了。

這位年輕女醫師又跟我們說，依照我的年齡，還有超音波的結果，腹中胎兒是醣氏症的機率還挺高的，我腦中跑出很多醣寶寶的樣子，雖然是生命，卻是我不知道如何承受的生命。

醫生說有兩個方法可以知道，一個就是血液檢查，無法完全準確，而且檢驗時間需要十天左右，可能就導致我的懷孕週數太大，（懷孕六個月以上，如果想要終止懷孕，就要開刀取出胎兒了）。

另一個方法就是羊膜穿刺，準確率高又可以在極短時間知道，但是羊膜穿刺會有五百分之一的風險可能導致流產。

我是真真切切不想要有個醣寶寶，可是……一旦終止懷孕，就會讓我的餘生都活在愧疚中，一世不得安生。

我當時有個想法，我總覺得醫生，是不是想要趁機賺一筆，所以搞出這麼一大堆把戲。

這時候年紀較大的女醫師也過來了，如果要做穿刺，是由她進行，所以我問她：如果我是妳的女兒，妳會給我怎麼樣的建議。

她想了幾秒，語氣平靜的跟我講，她會建議做羊膜穿刺。

我們的會面就到此結束，我跟阿楓哥兩個人都心情沉重回到家，看著不知世事的皮

羊羊，我是心酸又無奈，我不想把這些憂愁傳給他，但我是一個很不會掩飾心情的人，所以我選擇沉默，緊閉嘴巴，因為我害怕，講出任何一個字，就會帶出無止盡的眼淚。

實在不想要一直處在煎熬的情緒中，隔天我們就決定冒險進行羊膜穿刺，早點知道結果，少受點心靈的折磨。

我在懷孕二十三週的時候做了羊膜穿刺，整個過程，可能太專注，我並沒有怕不怕的問題，我感覺到針的插入，只能保持平靜穩定，全然信任的看著醫生，她專注的看著超音波，把大約二十公分長的針插入我的肚子，可能是因為有上麻藥，所以不是太痛，只是覺得有被刺了一下，我看著超音波裡的寶寶，在那子宮裡，無憂無慮的輕微蠕動著，心裡真是百感交集，整個過程不到五分鐘就結束了。

只要等一天，就可以得到檢驗結果，等待的那些時間，我是口不能語，食不下嚥，那時剛好我父母打電話來關心，可是我真不想要開口說任何一個字，我就讓阿楓哥去跟他們周旋，因為我不想要聽到他們說「不管寶寶怎麼樣，都嘛要生下來」、「誰誰誰怎麼樣，也沒有去做羊膜穿刺」，「那是一條生命，怎麼樣都要養，幹嘛要冒風險去做羊

膜穿刺」。

聽起來都是關心，可是沒有一句話對我是有用的，只有檢查結果是健康的，才能夠撫慰我，其他的一切，都會讓我萬劫不復。

隔天中午的時候，我看著眼前的飯菜，強迫自己多少吃一點，可是又想想，吃了有什麼用，可能是個無緣的，需要營養作什麼，我一直處在這些胡思亂想中。

這時候，阿楓哥的手機響了，一看是醫院打來的，我那百轉千回的思緒，馬上亂竄飛轉傳遞我全身，讓我整個忽冷忽熱的，只能用雙手環抱著肚子，想要傳遞想要好好保護孩子，很是不捨的母性本能。

我盯著阿楓哥接聽電話，看著他那由平靜無波轉為歡欣喜悅的美妙表情，我的一顆心終於可以睡個安穩覺了。

醫生來電話，說：「孩子是健康的，確定是個男孩」。

那是非常奇妙的一刻，一得知這樣的消息，我的胃口馬上恢復了，冷菜冷飯吃的是特別香。

驚恐指數：高級

懷孕二十六週，有一個例行產檢，那一天阿楓哥陪我去醫院，我們打算等產檢完，要去超市買一些菜，等皮羊羊放學回家，就可以吃一頓美好的晚餐，可惜……

那一天我在照超音波的時候就感覺不太對，不是我的身體，而是幫我照超音波的技師，她不像往常那樣笑笑的，反而神情凝重的跑出去，回來的時候，態度也很是謹慎小心，更恐怖的是，她居然推了一個輪椅過來，叫我坐上去，我就在想到底怎麼了。

接著，她慢慢的把我推到醫生的辦公室，就是幫我做羊膜穿刺的那一位醫生。

這醫生真的是天生「讓我歡喜讓我憂」的那一款，她說：有兩個消息，一個好消息，一個壞消息。（最討厭這樣的宣告）

看我們不覺得好玩沒反應，她就趕快說：寶寶顱內的小囊腫消失了，左腦右腦也一樣大，寶寶正常了。

這真的是好消息，這樣我就有勇氣聽聽壞消息了，可是聽著聽著，儘管我的英文能

力不好，也能體會到她講的消息是嚴重的，可是還不確切知道發生什麼事了，阿楓哥倒是聽出來了，他跟我說：寶寶的頭好像已經下滑至產道了。

真的是……又來個晴天霹靂，老天爺啊！

但我還是有些不太相信，有嗎？會嗎？真的嗎？雖然肚子一直有下墜感，可是我並沒有感覺到任何痛啊。

女醫師一說完，就催促我們去辦住院手續，我還問她：等一下檢查完，我可以去超市買菜嗎？

她看著我的表情，就像看著一個拼命想用舌頭舔鼻子的傻孩子般，說：事情很嚴重，接下來妳只能躺平，什麼事都不要做了。

說完她催促著護理人員和阿楓哥趕快去辦理住院手續。

我一下被推到這，一下被推到那，都是由護理人員來推我，我在被套上住院藍色手環的時候，都還覺得這也太超過了吧，有這麼嚴重嗎？

後來被放到產房之後，開始量血壓、測血氧心跳、照超音波、測宮縮、七年前熟悉

的那一套又來了，這時候的我才開始感覺事情大條了，果不其然，陸續來了一群專家，有負責生產的，早產兒治療的，他們告訴我提早生產的可能，以及該做何種心理準備。

相較於第一次安胎皮羊羊時，我這一次雖然有被雷轟炸的感覺，可是也只能選擇迅速接受現實。

當時我只記掛著一個人，那就是六歲的皮羊羊，我在他上學前，說好要煮大餐給他吃，結果什麼都不可能了。

這一切混亂從上午十點到下午兩點，經歷了好多檢查，護士來來去去的問問題，最後我被放到一間待產室，這時阿楓哥必須離開去接皮羊羊放學，我得開始獨自用爛英文，去聽去說去面對這所有的一切。

老實說，我真沒在怕，因為早就知道會有哪些步驟跟程序了，只有一件事讓我心裡沒準備，我之前特別選這家亨利福特教學醫院，因為它離我們家很近，是新建好的，裡面裝潢擺設，醫療儀器等設施都很新，整體不管外裝內裡，都不輸四星級飯店，這麼富

麗堂皇的教學醫院，居然跟我說他們無法保證讓二十六週早產兒存活，但是底特律市的「老」亨利福特醫院，他們有救活二十週早產兒的設備，所以他們經過討論，必須即刻送我到那醫院，讓寶寶比較多存活機會。

我記得我只問了救護車的費用算誰的，他們說這個算醫院的，我就同意了。

懷孕以來，這是我第二次坐救護車，這時候已經沒有第一次的好奇心支撐，只是熟門熟路的躺在那，一路搖晃顛波三十五分鐘去到底特律的醫院，根本沒機會欣賞到這家古老的醫院長的什麼模樣，一路被直接推到產房，他們還非常正式的打開手術大燈，再度內診觀察了我肚子裡頭所有一切，也問了好多個我聽不懂卻知道答案的問題。

情況並沒有因為我這一路奔波而有好轉，醫生們還是面色凝重跟我說，在產道可以看到寶寶的頭，接著又是幾位醫生前來說明早產的可能性，以及要面對的一切。

阿楓哥有託好心鄰居幫忙顧一下皮羊羊，他開車來到這家醫院，可惜他無法久留，所以那一晚我就是獨自待在這醫院的產房。

我覺得，有時候是醫院的氛圍會把孕婦搞得心情更加緊張，每隔一小時就有人來量

血壓、溫度以及宮縮狀態，要能夠心情放鬆且得到休息，簡直就是奢求，尤其還要被用英文問一堆問題，重複且煩人。

我本來打算一直撐住心情不要哭出來，不要讓這些干擾到我的寶寶，可是，在晚上九點的時候，還是破功了。

當時來了一個黑人護士，來幫我量宮縮情況，可是她怎麼重複把帶子拉過來調過去，就是找不到腹中胎兒的心跳，除了被拉扯擺弄的不舒服感，測不到心跳的不安也逐漸加深，這位護士用了很多遍都用不好，也不去尋求幫助，我已經快要控制不住自己，我忍不住問了一下：baby還好嗎？

不要問還沒事，一開口，就悲從中來，開始啜泣，哽咽到不行，其實我是很想要控制住，因為我怕引發宮縮，但是我的腦做不了我心的主。

還好這時來了一位醫生，他就是我剛進醫院時幫我做檢查的，長得很像美國影集「急診室的春天」那一個光頭醫生，他應該是來巡房的，剛好就遇到了這種情況，他看到護士擺弄不好，就開始自己動手調，沒一會兒就找到胎兒心跳，他跟護士指導了一

下，接著就跟我說：胎兒狀況不錯，不用擔心，一切都會沒事的。

其實聽到心跳聲的時候，我已經停止眼淚了，這也是我之後住院安胎三十八天，唯一的一次哭泣（其他那種只是濕潤一下眼睛的不算）。

第二天早上，又換了一個醫生，好像是拉丁裔的女醫生，重新跑過所有檢查程序，美國住院安胎生活開始啟動，這一次的安胎目標是要確定，胎兒的頭縮回子宮。

醫生看著我那沮喪又慘淡的臉，跟我說：要保持信心，還是有成功的案例。

唉……說起來容易，但想起來就是「不可能的任務」。

這家位於底特律的醫院是亨利福特系列醫院中，最古老歷史的醫院，人才多，可是醫院本身挺老舊的，我在醫院才待了兩天，就已經被時不時傳來的修理敲打聲，煩到不行。

換了兩間病房後，住到了一間更糟的，我那病房裡的冰箱，每隔一段時間，就會發出幾聲刺耳的嚎叫，我跟護士講了兩回，每個都說好，但是也沒有人來處理關掉它。

我很沮喪也很無奈，因為我不知道要怎麼用英文來適當的表達我的不滿，我感覺到

這裡的護士好像只是做好分內工作，不會想付出多餘的體貼與關心。

那一天如此折騰忍耐，就到了下午四、五點左右，這間病房雖然有窗戶，但是緊鄰著一棟建築物，所以採光非常差。

當時，我側躺著，背對著門，亂七八糟想著發生的這一切。這時有人打開門，我第一個想法是，終於有人來修理那台冰箱了。

沒戴眼鏡的我，有些艱困的轉過身去看，只看見一個超級無敵碩大的身影，再大一點點就卡在門框上了，那人腰間繫著一串東西，走起路來叮叮咚咚，勉強看出他是穿著一身藍色工作服，整個形象很符合美國常見的愛喝啤酒大老粗，我很確定是黑人，因為房間很暗，但是他更暗。

我直著喉嚨跟他喊：冰箱壞掉了，可不可以請你修理一下。

這時候他已經走到我的床尾，我可以看的更清楚了，是黑人沒錯，體型也真的十分壯碩，可是這個修理工為什麼要那麼靠近我，就在我心裡七上八下，準備要按緊急紅色扭的時候，他已經走到我的點滴架旁，開口跟我說：妳好，我是妳的醫生○○○，妳剛才

說什麼？

老實說，當下我沒有真的聽懂，或者是說，我有聽到，可是我震驚到不確定「這是真的嗎？」。

我對著「她」說：這個冰箱會一直發出怪聲，非常吵，可是沒有人來處理。

這時候冰箱也乖巧的配合發出那刺耳的聲音，「她」就嗯了一聲，吩咐隨後進來的一個實習醫生，一個金髮白人女醫生，來處理那個冰箱問題。

這位被我誤認為修理工的，就是一位女醫生，我真沒看過這麼巨大的女醫生，美國真的是什麼都有。

這位修理工醫生的醫術如何，我不確定。不過她倒是很會訓人，隔天發生了一件讓我心情更不好的事。

我住院第三天，他們還是非常緊張，所以每隔兩、三個小時，就要量一次血壓、溫度、宮縮等，這在白天無所謂，但是一到晚上休息睡覺，一再的被叫醒，就真的很煩。

晚上十點、凌晨一點多、凌晨三點多、我終於在早上六點那一次，情緒大爆發，對著金髮助理醫生說：晚上可不可以不要量這麼多次，如果我覺得不對勁，我會主動講，我之前已經有過一次安胎經驗，所以我知道宮縮是什麼感覺。

這時候修理工醫生站在旁邊，她是沒講什麼話。

金髮助理醫生說：我們這麼做，是要確保妳和胎兒安全。

我說：這些我都知道，可是這樣子我根本沒辦法睡覺，這對我來講就是一種torture（折磨）。

這字眼，我是從《24小時反恐》這部美國影集裡學到的。

助理醫生好像被這個字給刺到，驚訝地重複一次。

這時候修理工醫生開口了，說：妳必須要知道我們是在做我們的工作，妳在這裡不是住旅館，而是要確保生命安全。

我得說我平常的軟弱無能樣全是演的，這時候的我才是最真實的，英文障礙已經不是什麼問題了，我的心跳快的感覺離宮縮還真的不遠了，為了捍衛我自己的尊嚴與立場，我說：我明白你們的工作與責任，但是我比你們更愛惜我的生命與寶寶，我不知道

很多醫學知識，但我確定知道，如果我沒睡覺，我的生命會有問題。

可能感受到我的情緒高漲，修理工醫生好像有說一些緩解的話，我聽不太懂。對於她們的講話方式，雖然讓我心跳加快，我並沒有真正生氣，因為我明白他們只是在工作而已。

只是當時那種氛圍，對我來講，他們就像個機器人般，只想做好例行工作，捨不得付出任何多餘關懷，那我也無需對他們太客氣，該怎麼講，就怎麼講。

最後有改成白天四個小時量一次，凌晨那兩次取消，沒有量的時候，如果感覺不對，也要趕快報告。

這樣的處理，我當然是非常贊同，因為沒有什麼儀器比得上我自己的感覺，事後證明，我的感覺還是很敏銳的，我通報了兩次，有一次是還好，另外一次就加重了點滴的注射量，壓了下來。

這一次的美國安胎經歷跟台灣相比……其實是不能比的。

在我的身體方面，可能這一次發現的早，所以我並不用全部臥床，還是可以自己拉著點滴架，去上廁所、洗澡解決個人問題，不用麻煩到任何人。光是這一點，就整個把台灣安胎經驗打敗了。

可惜的是，這一次的住院安胎期間，我被診斷出患有妊辰糖尿病，從此住院期間與美食無緣，雖然醫院的餐點已經非常難吃了，我卻得吃難吃三倍的無醣飲食。

在我的情緒方面，可能有上一次的安胎經驗，也可能少了台灣的人情世故複雜因素，最大的可能是因為，目前除了保持樂觀堅強心態，實在沒有別的辦法了。只有偶爾幾個晚上，自艾自憐情緒快來的時候，我會摸著我那還不是太碩大的肚子，說著：寶貝，現在就你跟我了，你現在出來實在太危險，趕快爬回媽咪子宮吧！這樣我們就可以回家去跟爸爸哥哥在一起。

在醫療、技術或者儀器方面，台灣美國沒什麼差別，但講到醫護人員，台灣的好，是遠遠超過美國，我覺得這種醫護關係的不同，跟語言沒有太大的關係，還是因為文化差異，民族性不同而不同。

我住院期間，除了擔心腹中寶寶，其實最擔心的還是皮羊羊。

阿楓哥照顧皮羊羊，在吃喝方面是絕對沒問題，反正就外面飯菜打包一下，或吃披薩都可以解決，我是比較擔心皮羊羊的心理情緒，我怕阿楓哥自己都忙得像陀螺般瘋狂旋轉，根本沒有餘力來好好的疏導皮羊羊的心情。

皮羊羊雖然個性開朗活潑，但他才六歲多，平常與我極為親近依賴，這下了該怎麼辦呢？

果然不久，他老師寫信說，皮羊羊在班上跟人打架，不合群，功課也都沒作。

皮羊羊來醫院看我時，還是那副可愛樣，我跟他說了很多，內容應該就是希望他不要擔心，要快樂的去學校玩，和同學好好相處，有什麼不高興要講出來，等弟弟安全爬回媽媽肚子，我就可以回家了。

講完這些話，我還得趁他們父子倆不注意，用阿楓哥從中式餐廳帶來的皺巴巴紙巾擦眼淚。

後來我婆婆有來幫忙顧皮羊羊，所有情況也都慢慢改善，熬著熬著，住院滿五週後

的某一天，之前那位拉丁裔女醫生幫我內診後，笑笑的對我恭喜：寶寶的頭，完美的縮回子宮了。

那一天真是奇妙啊！我的身體居然會發生這樣的事。

沒多久我就出院了，乘坐阿楓哥的車在回家的路上，實在是滿滿的感慨啊。

一個多月前，我心情沉重，躺在救護車裡，悲哀地看著窗外灰藍的天空，如今終於可以在同一條路上，坐著家用車，愉悅的看著外頭明媚又燦爛的一切，回到朝思暮想的家。

我在懷孕三十一週的時候出院，後來懷著懷著，居然就一路撐到了三十九週的某一天，羊水破了之後，跑到富麗堂皇的亨利福特醫院待產，痛了一天一夜，終於生下三千公克的悄虎。

驚恐指數：超重量級

生產完沒幾天，發生了血崩小插曲，這是我第三度坐救護車去到醫院急診室，這一次就是很真實的急救了，當時血壓已經降到五十，整個人不斷抽慉，痛到呼吸都很困難，到了醫院急救室，得安插各種監控儀器，連呼吸器都用上了，因為才生完兩天，產道還沒復原，私處腫的不像話，本來一位年輕女醫生來安插導尿管，儘管我痛的不成樣，我也數的出來，被重複刺了三次，後來一位年長落腮鬍醫生來，一次就搞定。

以上的過程，就只有我和那些醫生知道，阿楓哥老早就被請出急救室，我也遺憾我意識那麼清楚做什麼，明明就已經掛上麻醉罩了啊。

可能我有經過安胎，子宮收縮無力，無法止血。如果生產時就大出血，那還會引起注意，但我是產後緩慢大出血，再加上產後哺乳造成子宮收縮，供血不足，就造成肌肉抽慉。後來我輸了兩袋血，住院五天，做盡各種檢查，終於平安保住小命，這個折騰真是夠我受了，從此貧血問題與睡眠障礙一直緊緊糾結我，直到現在。

儘管浪費地球這麼多資源，耗費了阿楓哥和我這麼多心力，我們付了一萬五千美元後，終於得到悄虎這個寶貝，我還是覺得一切很值得。

這就是我說阿楓哥非常明智的地方，當初如果沒有趕快爬回那間保險公司，我們就得多付三十五萬美金，那我們肯定要包袱捲一捲，一家四口逃回台灣了。

貓語記錄：

在美國醫院安胎三十三天，加上產後急救住院五天，整整三十八天，老貓把這視為人生修道場上的第二道試煉。

經過這兩回的安胎，我發現人需要的不多，只要有一些平安、自在、懂得感恩的心，就足夠活一輩子了。這也讓我更確定了自己是一隻很有愛，不太吵鬧的老貓。

不過呢，離「有智慧的老貓」還有一大段距離，可能還要經過很多場人生淬鍊，以及自我省思的過程，才有可能拿到智慧之鑰。

第五回

悄虎加入我們了

悄虎是怎麼樣的一個小孩呢？

前面老貓已經介紹了哥哥皮羊羊，現在要介紹弟弟悄虎，就容易多了。

他們兄弟兩，整整差了七歲，從外表、個性、興趣、專長等各方面來講，兩兄弟是南轅北轍，完全相反。

而且，老貓承認，有了悄虎這孩子後，我從此不敢小覷孩童的威力。

悄虎從四歲開始通人性，老貓也開始有機會與他進行各種貓科動物的交流，因此獲得很多有趣的回憶。

悄虎四歲

照顧幼童，最煩的一件事就是，處理大小號問題，好不容易撐到悄虎四歲半，老貓想要脫離屎啊尿的生活。

最近一直訓練悄虎，上完大號，自己清理，但他自己也很怕那咚咚物，所以一直要賴不動手。

有一天他又在廁所大吼：媽媽，快來幫我擦屁股。
我正開始洗碗，吼回去：你五歲了耶，已經很大了，必須自己處理啦。
悄虎困惑聲音傳出：我已經五歲了嗎？
媽媽：是還沒啦，可是你再過七個月就五歲了，很多小孩還沒有五歲就會煮飯了。
悄虎有被鼓勵到，回：喔，那我試試看。
我內心歡呼：太棒了，太棒的小孩。

結果，過了好久好久，一堆碗都洗好了，都沒有聽到沖馬桶的聲音。
我趕忙去關心一下，結果看到他愜意地坐在馬桶上，微笑看著我，說：馬麻，我在創作一首擦屁股的歌耶。
最後在我怒吼威嚇下，他才委屈潦草完成清理手續。

悄虎五歲

我每次都要趁著阿楓哥出差，孩子們上學，才有機會好好整頓家園，將家裡物品去

蕪存菁，只要他們三個其中一人在家，我丟出一樣，他們就會撿回三樣，讓我無法體驗到「斷捨離」的美好歷程。

好不容易機會來了，那一天只有悄虎在家，他在樓上房間畫他的圖，一時半會兒不會來干擾我，我就開始整理。

整理到鞋櫃時，一看到滿倉滿谷，歷經風雪殘害過的鞋鞋們，我果斷將那些無可救藥的鞋子們，裝入袋子裡，準備丟掉。

沒想到，整理到一半，悄虎下來喝水，他平靜的瞟了那袋子一眼，我心想不妙，果然，他一喝完水，放下杯子，就抱起那一大袋，脫兔般跑到地下室藏著，說什麼之後還可以穿。

怎麼跟他說都說不通，我只好繼續整理，整理途中，我拿到一雙悄虎的涼鞋，我挺討厭那一雙，但是又怕傷害到他的感情，就決定趁他不在家時再處理掉。

沒想到，他一聲不吭，就把那一雙放到回收袋。

我很驚訝，問：那是你的鞋子耶！你去年不是還穿回台灣嗎？

他回：對呀，可是妳一直說，我穿這鞋子，腳腳會有起司的味道。

我一聽狂笑，同時也覺得我兒子真聰明，還聽得懂隱喻法。

就再問他：那你知道我是在講什麼意思吧！

他好像很驚訝，說：馬麻，這種事用頭腦想一下就知道了啊。

我一聽，更是欣喜，握住他的小手，誠懇問：拜託你告訴我嘛！我這樣講到底是什麼意思呢？

他定眼看我，問：妳想一想，老鼠愛吃什麼？

我沒回，心裡想：應該是堅果那一類吧。

他自答：起司。

我點點頭。

他再問：如果我的腳像起司，那會怎麼樣？

我還來不及回應。

他再自答：我的腳會被老鼠吃掉啊，懂吧！

我懂我懂，老媽真的很希望，你可以擁有「這樣的想法」久一點，我也可以擁有

「這樣想法的你」久一點，不用太快了解什麼隱喻法，那對人生一點趣味都沒有。

來到美國，我最大的轉變就是在飲食烹調料理方面，什麼吃的喝的都得靠自己來，連簡單的包子饅頭，如果嘴饞想吃，就得靠著我那「零天分」的烘焙技術，一點一團琢磨出來。

歷經八年，經過了幾次成功經驗，某一天，我決定再度挑戰失敗很多次的南瓜饅頭。

在等待南瓜蒸熟的時候，我就坐在沙發上，一邊幻想我那可愛金黃的南瓜饅頭，一邊瞧著坐在我對面，正在玩積木的悄虎。

我裝很隨意的問他：悄虎，你覺得媽媽的南瓜饅頭會做成功嗎？

他正在用積木大軍進行劇烈生死戰，聽到我的問題，還願意分心大約一秒的時間，

回答我：我希望妳成功。

我想要得到更熱情的鼓勵，再問：為何你要說希望呢？難道你覺得我會失敗嗎？

他淺笑一下，還把手中的樂高機器人，飛轉了一圈，說：妳應該會成功啦，不過……也有失敗的可能吧！

我開始皮笑肉不笑，說：你之前不就吃到很成功的饅頭嗎？怎麼好像對我沒什麼信心？

他回：是啦，可是我之前吃到更多失敗的。（這臭小孩還給我演殭屍嘔吐的樣子）

悄虎六歲

在一個午後，我幫自己泡一杯杏仁茶，打算就此埋進我的閱讀世界中，但是……，當時是暑假，家裡有學齡小孩的父母，這樣的畫面要排隊。

悄虎剛剛發現赤腳踩在鋪滿陽光的地面，感覺非常愜意，所以他要我跟他一起出去外面享受陽光。

我端著一杯熱熱的杏仁茶，另一手拿著一本書，特別眷戀的看著沙發，嘴上還要作

無謂掙扎，說：你就自己去外面坐著啊。

他有點受傷看著我說：妳不怕我被壞人抓走嗎？

哎呀！我心中嘆息，說：我們去外面做什麼？

他說：曬太陽啊！

唉！我說：曬太陽做什麼，要曬成歐巴馬嗎？

他說：我想要跟妳聊天啊。

都講到這樣了，我只好端著杏仁茶，跟他一起坐在外面的門廊邊，我一邊喝著茶，一邊準備翻開書本。

這時候悄虎說：馬麻，我覺得那棵樹的頭髮好綠喔。

我一聽，驚喜問：悄虎，你會用擬人法耶！

悄虎臉上發光，答：對呀，我會，但……什麼是擬人法？

我解釋了一下，還沒好好講個幾句，這小子就搶白說：我知道，我知道擬人法是什麼意思了。

我就說：好，那你就講個來聽聽。

他指著另外一棵樹，說：那個人的頭髮好綠喔！

真有夠老套，我還是殷勤回：悄虎，你很會用擬人法，不過，我們最好不要在一個句子裡面，使用太多擬人法，尤其是說話的時候，更不要用。

好奇的悄虎問：為什麼？

我神神祕祕的看一下左右，小聲的說：講話一直用擬人法，別人會以為你瘋了。

悄虎聽完笑了出來，開始指天指地，表演擬人法瘋子。

等他鎮定下來，我繼續講：一段文章裡面，放一、兩個擬人法就夠了，可以達到畫龍點睛的效果。

講完這個我就後悔了，因為馬上有人問：什麼是畫龍點睛？

我又費了一番口舌，悄虎終於理解了。

他舉一反三說：皮羊羊很愛講笑話，但他如果在三分鐘裡講了十個笑話，就會讓大家就覺得很煩，其實講一、兩個真的好笑的就好了。

我笑說：對對對，就是這樣。

講到這裡，杏仁茶也喝完了，我準備溜進去，就悄虎說：你要好好在這裡觀察大自

然的變化喔！

只不過才把屁股抬離椅面一點點，悄虎就像教官抓到學生準備翹課一樣，語出警告，說：馬麻，妳不能離開，我還要跟妳聊天。

我說：我沒有要離開啊，我只是要換個姿勢坐著而已。

悄虎的眼神顯示「我知道妳要做什麼」，嘴上卻說：馬麻，我很不喜歡葛格跟我講話的語氣。

悄虎平常就很愛告皮羊羊的狀，我完全不意外，平靜的問：怎麼了，他罵你嗎？

他有些委曲說：剛才你叫葛格去倒垃圾，可是葛格馬上就對我大吼「悄虎，趕快把垃圾拿下來，動作快一點，不要慢吞吞了。」葛格這樣對我，好像我是他的手下一樣。

我安慰悄虎：葛格叫你幫忙，是因為他覺得，你有能力，又很會做事，像倒垃圾這件事情，需要的是有力氣，有想法的人，如果你還是小baby，你就不合格了，所以你要高興，因為你終於有能力執行倒垃圾這個工作了。

悄虎努力掩飾心中的驕傲，還要故作博學說：妳說的沒錯，就像現在我根本還沒辦法煮東西，等到我合格的時候，葛格就會說：喂！悄虎，去煮一顆荷包蛋過來。

真的是孺子可教。

悄虎七歲

老貓在美期間，不斷嘗試要用最簡單的方法做出好吃的蛋糕，我總覺得之前沒辦法信手拈來做出蛋糕，完全是因為太依賴食譜，所以我決定要像古人那樣，隨心所欲，完全不秤不量，依照本能來製作蛋糕。（我怎麼覺得古人會怒吼！）

首先，我作最基本的蜂蜜蛋糕，看好步驟，關上食譜，開始動工，結果……失敗失敗再失敗。

我抓悄虎來試吃我自認最成功的那一個，想說他平常口味平淡，講話中肯，也許會覺得這好吃也說不定。

他吃了一口，就說：馬麻，這蛋糕好像不是很甜。

我說，可能糖放少了一點，怎麼，你覺得不好吃嗎？

他少了一顆門牙，笑起來很無奈，慢騰騰的說：馬麻，妳不知道嗎？這個蛋糕最大

的缺點就在這裡。

說完，就像仙人似的飄走，留下那塊只啃一小口的蛋糕。

* * *

悄虎最近越來越豬了，很愛玩弄我。

有一天，他洗澡出來，我看到他衣服穿反了，後面穿到前面，我就說：悄虎，你衣服穿反了耶！

他低頭看一下，悠悠回：我這樣穿有違法嗎？

我一聽頓住，說：是沒有啦，可是，你不會覺得怪怪的嗎？

他聳聳肩，說：我覺得非常舒服啊，怎麼，這讓妳覺得不舒服嗎？

我是很喜歡小孩有想法，有主見，但我可不喜歡一直被耍著問。

我開始略帶攻擊性，說：我是無所謂啦，不過，你衣服都這樣隨便穿，出去外面一定會被人笑。

他露出微笑，說：就是因為在家裡，我才會這麼穿，如果在外面，妳覺得我有可能穿這樣出去嗎？

這傢伙不能好好講話嗎，我把他按倒在床上，用力問：你馬上給我承認，你講這麼多，只是因為你懶得換吧。

他笑得很開心，說：沒錯。

後來阿楓哥進來，我跟他講了悄虎這種態度，阿楓哥只說：悄虎，你這樣前後顛倒穿，看起來更像瘦排骨人了。（悄虎最介意被說瘦。）

悄虎唇角抽慉幾下，力持鎮定，嘴硬說：真的嗎？我覺得正常穿，看起來才會比較瘦吧。

說完，他就走出房間，我看到他立馬把衣服前後調換，恢復正常。

✧ ✧ ✧

阿楓哥是個重視教育的人，所以常常會想出一些活動來進行一些學術的交流，最近他每個禮拜都會進行專題報告，有時候講講「理財概念」，有時候談談「人生規劃」，

說得深入淺出，還算有一套。他也規定家裡其他三個成員都要上台報告一下。

透過這樣的活動，大家都可以學習如何有效地把資訊傳遞給人，因為每一次的報告，都會有人打哈欠（我是最大膽那一個），所以報告的人就得不停的運用各種技巧，來引發聽眾的興趣。

上台報告的人還要注意資訊正確與否，否則隨時被打槍。像上禮拜，阿楓哥就被悄虎給電到了。

阿楓哥當時要講一個有關「資源回收」的主題，他很老套的先從銀河系開始講，所以螢幕畫面就出現一個閃亮亮的銀河系。

阿楓哥說：來，大家看看這裡，這是由很多星星組成的喔。

悄虎馬上舉手，說：把拔，正確來講，這些應該都是屬於會爆炸的星球。

阿楓哥很有有風度的讚美：很好，就是這樣的態度，謝謝你的提醒。

他指著螢幕繼續說：好，我們看一下，這裡就是有很多太陽……

阿楓哥還沒講完，悄虎又舉手了，阿楓哥這時候有一點深呼吸，保持微笑說：悄虎，有什麼問題嗎？

悄虎有一點難為情，說：把拔，我必須要告訴你（頓了兩秒），其實你只要說「這些星星」就好了，因為太陽就是一種星星。

阿楓哥哀嚎：拜託你，求求你讓我講下去好不好？我都還沒有進入主題，我的主題是資源回收，不是要討論星星太陽的啦！

終於，阿楓哥順利完成報告，我可以聽得出來，整個過程他極注意遣詞用字，可能太害怕某人，會不停提出質疑糾正。

其實悄虎一直是我們四個人裡面，聽講最專心的，每次阿楓哥或皮羊羊講完，不管問什麼問題，悄虎都能夠答對。我們也都非常好奇，接下來悄虎的報告會是如何的。

✧ ✧ ✧

老貓一直都打定主意，要當一個快樂的懶媽媽，所以我不太計較小孩刷牙、洗澡、睡覺、穿衣服，寫功課等囉嗦問題。

直到去年，跟一些媽媽閒聊才發覺，我的小孩好像過得太自由了一點，尤其是睡覺這件事，大部分小孩九點之前都睡了，有的甚至八點左右就上床了，可是我們都會搞到十點多，甚至更晚。

我是有點危機意識了，當懶媽媽是一回事，可是危害到小孩健康那就是失責了。皮羊羊還好處理，悄虎就真的難搞。

用強的，他就給我躲在棉被哭，可以哭到十一、二點，用柔的，講故事，他也可以亢奮到十一、二點，最後只好用交易，如果他有在九點多睡，那就可以怎樣怎樣的，總之很不堪啦！

悄虎太知道我了，我沒辦法對他下狠手，怎麼辦咧。

哈哈哈！這問題在前幾天，居然意外的解決了，我非常感謝老天爺賜予我一張童叟無欺的嘴。

我去校車站接他放學，看他蹦蹦跳跳的下車，還歡快的哼著曲兒，跟我一起手牽手走回家，這麼好的氣氛，我居然脫口而出：悄虎，我怎麼覺得你沒有以前帥了。

他楞住，稍後才勉強假笑，回我：真的嗎？妳確定？

我又看了幾秒後，摸他的頭說：也許是你的頭髮的關係吧，或者是……

他追問：或者是什麼？

我沉思了一會兒，說：會不會你最近太晚睡了？還有你的穿衣風格可能也有影響吧（他一直要戴領巾＋短褲配長襪子，怎麼看就是慫）。

一說到他的穿衣品味，他就不太高興了，後來我們就講別的事。

當天晚上八點半的時候，我要悄虎去幫忙做一些事，他居然跟我說：馬麻，我要去睡覺了，晚安。

我說：現在是八點半耶！

他說：對啊，我現在要早一點睡。

我非常好奇，問：為什麼？

他有些不好意思的說：因為妳說我沒有很帥了，所以我必須要早點睡，才能夠變回來。

我努力保持一種如蒙特赦，可是絕對不能宣揚的平靜，說：喔！對對對，沒錯，

你要多睡覺才能夠變帥，趕快趕快，去睡你的大頭覺，不不，是大頭美容覺，還是帥哥覺。

我都語無倫次了。

他拋給我一個擁有共同小祕密且意味深長的微笑，就離開我的視線，跑去睡覺了。

我後來跑去他房間偷看，他還真的在睡了，果然愛美的孩子，自控能力也很強。

（哼！那麼晚睡，哪有資格說自控能力）

悄虎八歲

再過幾天就是悄虎的八歲生日，他是很重視節日、生日氛圍的那種小孩，所以早在前幾個禮拜，我就詢問他，究竟想怎麼慶祝，他很明確告知我：

一、絕不要開派對，他受不了一堆吵鬧的小孩。

二、不要把他丟在一個遊樂場所，然後大人在旁邊聊天聊個爽。

三、不要買大蛋糕，他不想得糖尿病。

四、不要唱生日快樂歌，因為覺得很尷尬。

他只想和家人好好的慶祝，然後拆禮物。

說真的，這小孩深得我心，我就建議，要不要跑去芝加哥，住飯店，然後吃個過癮。

這麼好的建議居然被他否決，他說：這樣我的生日都被開車浪費掉了。（從我們這到芝加哥要四個多小時）

我又提議，不然去釣魚，我看他對釣魚應該是很有熱情吧！

結果又被否決，他說：我才不想要在我生日那一天，被太陽曬到昏倒，那太好笑了吧！（釣魚場是露天的）

實在太難搞了，我說：悄虎，不要這麼囉嗦，至少你的生日要讓我們好好吃一頓吧！

過了兩天後，他突然問我：密西根有沒有美術館？

我說：當然有啊！

他說：我決定生日當天要去美術館。

第五回

悄虎加入我們了

我驚訝：什麼！你知道美術館是什麼吧，為什麼要去那裡啊？

他說：我知道，我要去那畫畫。

媽：在家裡畫不行嗎？

悄虎：我要去畫那裡的雕像。

媽：雕像，畫什麼雕像？

看到我如此無知樣，他去翻了一些希臘神祉的雕像給我看。

我還是很茫然，說：那你看著圖片畫就好啊。

他說那不一樣，他需要看到實體。

我說：不然你畫我就好了啊，來，我擺姿勢。

我馬上擺出側臥的嫵媚姿勢。

他很無奈，喊：馬麻，這是我的生日，必須由我自己決定。

當然，當然，生日最大，可是我還要做最後掙扎，說：你畫圖很慢，這樣我不就要在那等很久嗎？

他說他會很快畫好一個大概，回家再慢慢畫細節。

我說：那我們可以先去吃大餐吧，再去畫你的雕像。

他撇撇嘴，說：好啦，好啦，到底是誰的生日啊。

這能怪我嗎？真的太怪了嘛！

悄虎非常重視學校的活動，今年他想要參加學校辦的萬聖節活動，當天就開始對我囉唆起來，規定我幾點幾分必須要踏出家門，幾分要抵達學校，不然他就會生氣。

我就很火大，說：悄虎小朋友，請你搞清楚，帶你去參加這個活動，是我對你好，你必須要感恩，而不是在那邊催催催催，造成我的心理壓力。

我發現我之前真的錯看悄虎這傢伙，我以為聽完這些嚴厲的訓話，他會大聲哭號耍脾氣躲回房間，這樣我就有好藉口可以不用出去。

但是……我一罵完，他眨了兩下眼睛，馬上單膝跪下，雙手交握，語氣誠摯懇求，

說：陛下……請您原諒我好嗎？陛——下——請您——親我一下。

哇賽！這小孩真的是能屈能伸。

後來，一抵達會場，他拍拍我的椅背，對我說：好，妳可以走了，等一下再來接我。

十分鐘前，我還是尊貴的陛下，等利用完，我就變成卑微的司機而已。

好，很好，悄虎先生，我又要安排談話時間了。

✧ ✧ ✧

我對兩個兒子的愛是一樣多的，但我也得承認，對悄虎是多了一點關心。

原因是他小時候什麼都慢，我們的一秒可能是他的二十秒，他不太說話，八、九個月大時，只要客人一跟他打招呼，他馬上瞬間裝睡，眼睛閉上，頭垂下來那種，一次兩次還以為是巧合，直到一歲多還在用這招，我們就覺得這小孩是有社交障礙嗎？

直到一歲半，還不敢站起來走，到哪都用爬的，所以阿楓哥非常擔心他會不會有發

展遲緩的問題。

其實呢，在我眼裡，他就是慢而已，其他都好得很。

那時候在家裡，皮羊羊如同太陽般耀眼，悄虎就是一顆小星星，要用心觀察才能看到幾縷微妙的閃爍。

就算是不起眼的小星星，也會渴望得到別人關注的目光，所以我一直放比較多心思在悄虎上面，讚賞鼓勵他的每一次的努力。

直到今天，我知道他羽翼已成……

今天早上要上學前，我聽到他咳嗽一聲，就馬上叫他去吃一粒精油糖（專門消炎殺菌用），再穿上厚厚的背心，他非常心不甘情不願，還是照做了。

臨出門前，他就對我說：馬麻，我可不可以去學校跟朋友講，我的媽媽對我「保護過度」這件事。

什麼！！！保護過度，我老貓怎麼會想花費力氣做這種事。

我說：你不用去跟同學講，因為我不是在保護你，我是在保護我自己，如果你感冒

發燒什麼的，不只你痛苦，我也跟著很麻煩。（他有藥物過敏的問題，沒辦法吃退燒藥就好，必須花力氣用一些自然療法。）

其實他真是一個很貼心敏感的小玩意兒。

有一次，他咳嗽感冒流鼻涕，我幫他擦精油按摩等，他就來了一段從來沒有人會對我講的話。

他說：馬麻，我真的非常抱歉，讓妳增加了很多壓力，讓妳痛苦，妳的白頭髮都是我造成的。

（媽媽心裡OS：臭小孩，提什麼白頭髮，我是覺得還好啦，不過有人知道感謝也是不錯。）

還有幾次，他不小心弄壞家裡一些東西，悄虎就會愧疚萬分，哭著說：我真的是很不應該，對這個家一點幫助都沒有，只會破壞這個家庭。

（媽媽心裡OS：明明是他把東西給弄壞，我還得耗費口舌來勸慰他，真累人……。）

去別人家作客，在喝飲料時，不小心把冰塊掉到地上，他居然哭著說：你們大家對我這麼好，我還這樣子破壞氣氛，真的很不應該，我是壞小孩。

（媽媽心裡OS：這樣氣氛是能好嗎？搞得大家又得花很多力氣來詢問原因，然後給予安慰抱抱……。）

吼！寫到這裡。我覺得我還真對悄虎保護過度了，讓他變得如此神經兮兮的。

✧ ✧ ✧ ✧ ✧

我老爹生前常常笑我，想當星媽想瘋了，因為只要我有機會跟他談話，我永遠都在捧皮羊羊，把皮羊羊整個誇的像一顆金剛鑽般，赭赭生光。其實當時我也就一個皮羊羊可以講，我也只想跟我老爹一個人這樣胡吹亂蓋的。

七年後有了悄虎，我開始力捧悄虎，但要捧紅他真的有難度，從一歲捧到五歲，我必須要發揮很強的想像力，才能把他捧出一朵花來，我的老爹被我矇的，以為他又有另

外一個天才孫子。

當時，阿楓哥常常都懷疑我活在幻境裡。

譬如，有一次他下班回來，我跟他說：悄虎今天用積木做房子，聽說在一歲半這年紀能夠這樣，是非常厲害，超齡的創舉。

阿楓哥其實已經聽過不少我口中「悄虎的創舉」，但是又不好駁我的面子，就去看那個「天才兒童」，結果就看到一個坐在地上，正在用嘴巴賣力製造泡泡的小孩。

阿楓哥還真的丟幾塊積木給悄虎，等了好幾十秒，得到的回應是——悄虎伸出一根食指，把自己的泡泡戳破，然後嘻嘻嘻傻笑一下，繼續製造下一個。

類似這樣，二成事實，加上八成的想像力，經歷了大約五年，五歲以後的悄虎，才漸漸地以自己的實力，來獲得注目。

後來，我在美國教中文後，我這種喜歡捧小孩的個性，也毫無保留的揮灑在我的學生上，常常都在想花樣，想讓學生們有戲唱。

有一陣子，我家兩個兒子因此很是吃醋，居然敢一起來指責我，說我不應該花心思

在別的小孩上面，他們才是我親生的，搞得我哭笑不得。

✧ ✧ ✧ ✧ ✧ ✧

相較於皮羊羊，悄虎對數理科學好像沒什麼興趣，這讓我們有一點點擔心，因為華人的刻板印象就是數理好，將來當醫生科學家等。所以只要悄虎表示一點對科學感興趣，我就會積極支持，但幾次下來，都只是煙霧彈，白白花錢，譬如：

有一次，我和悄虎在路上走著，他突然蹲在一處牆角處，怎麼叫都叫不走，我過去一看，把我嚇死了，他居然一直在看一隻死鳥，我念了他一頓，他慢條斯理說，他在觀察鳥的死態，研究死因。（真是嚇人的小孩）

也因如此，我就跟阿楓哥說悄虎喜歡生命科學，其實我就是高興吹捧一下而已，誰知阿楓哥立馬上網訂了一台顯微鏡給他，前前後後把悄虎當成生物學家來侍候。

但是看了幾天，也沒看出什麼花樣，連組裝都是皮羊羊組起來的。

就這樣，我被阿楓哥猛唸，說什麼我只會進讒言，讓他亂花錢，如果是生在帝王之

家，我就像那褒姒、妲己般誤國。

我反擊：阿楓哥，你根本生就一副昏君樣，不用別人幫忙，你就擁有摧毀國家的能力。

還是說回正題吧！

經過我們這些沒經大腦、浪費錢的舉動，我慢慢覺得，小孩需要的東西，從來不是昂貴的東西，也不是耍帥炫耀的東西。他們真正想要的東西，卻是很多父母吝嗇或者沒有能力給予的，那就是「陪伴」與「理解」。

我之前很希望悄虎可以像皮羊羊一樣這麼簡單，父母不用費心思，丟給他什麼東西，他就組裝起來，說吃就吃，說走就走，說睡就睡，沒什麼複雜心眼。

但悄虎真的不一樣，阿楓哥也用相同一套對付他，送他很多電子產品。每一次，悄虎收到禮物時，都不緊不慢，淡淡的說一聲「喔」，包括那個顯微鏡，所以讓阿楓哥頗感無計可施。

後來有一天，悄虎跟我說，他真的很想整天窩在美術館畫畫，他希望我可以帶他去美術館。

看著他那期盼的眼神，我當然答應了，結果他就歡快的像花果山的孫悟空般，整個房間滿地打滾，然後又抱著我猛親，那是真心的快樂。

他在床上跳來跳去，歡快的喊耶，耶，耶的時候，他不知道我心裡真的是五味雜陳。

一個簡單、免費的美術館，對我們來講，就是一個大麻煩；而我們心裡覺得好玩、昂貴的電子產品，對他來講，卻如同沒有調味料的白麵條。

我們期待悄虎是一個可以用錢解決的小孩，但我們肯定想錯了。

他也許之後不會走簡單的路，去當個醫生、教授、律師等等大家一聽到，眉頭就會翹起的職業，他也許之後會走一段辛苦的路，窮苦潦倒，得靠我們接濟，還在天橋下猛搞一些沒人能懂的創作。

但我希望，在他這個童年記憶裡，一切都在蓬勃發展初期，日後他能夠記得父母對他的愛……

尤其是母親，努力支持他去美術館。

悄虎的人生志向

前幾天暴風雪侵襲密西根，所以今天路面冰凍，校車行駛會有危險，學校也停課，悄虎就和我一起悠閒享受著早午餐。我們照例又開始聊聊天，聊著聊著，就聊到他未來的人生志向。

我問：悄虎，你喜歡人家叫你醫生，還是叫你老師啊？

本來他正準備將一塊煎蛋送入口中，聽到這問句，就很做作的嘆了一口氣，說：馬麻！妳知道我有問題嗎？

（媽媽內心OS：又怎麼了啊，前幾天他下肢紅腫過敏，後來又咳嗽流鼻涕，所以我有些處在驚弓之鳥狀態中。）

他淺淺笑著，慢悠悠說：我現在才八歲，可是已經換七個工作了。

（媽媽內心OS：不會吧，我知道最多就三個而已啊！）

他一副看傻孩子的表情，對我說：馬麻，妳記得，我剛會講話的時候，說過想當太空人吧！

（媽媽內心OS……有嗎？）

他又說：後來是很想當垃圾人……

（媽媽內心OS：不怕不怕，是收垃圾的清潔員啦！）

接著說：再來我想要當壽司師傅。

（媽媽內心OS：ok，ok這個我知道，阿楓哥還幫他設計了一個專門放壽司的盤子。）

他說：可是後來，我又一直考慮要當科學家還是藝術家。

（媽媽內心OS：哈哈，這個我知道，當時悄虎還問我，哪一個比較賺錢。）

他又說：可是最近我發現，我是想當雕刻家。

（媽媽內心OS：這隻豬，阿楓哥還送了他一套雕刻的工具。）

他還敢說：可是我昨天突然想要來當那種幫人縫衣服，還可以設計，那叫什麼啊？

我非常無力的回答：你是指服裝設計師嗎！

他很興奮說：對對對，就是服裝設計師，不知道那能不能賺到錢？

談到錢，我有一點點精神了，說：如果有人喜歡你的設計，應該是會賺錢，如果沒有人欣賞，那你就自己在那邊爽就好了。

聽完我兒子這麼豐富夢幻的人生經歷，我真的是困惑極了，問他：你說你想當雕刻師，那上次我叫你用肥皂刻一些東西給我看，你搞出那一坨一坨是什麼？

就是一些石頭啊！~~他一副理所當然的說。

我說：好，那下次可不可以麻煩你，雕一顆豬頭給我，讓我看看你有沒有當雕刻師的資格。

他面露難色，說：我覺得有困難耶，因為我不知道要放什麼臉上去，是我的臉，還是你的臉。

（媽媽內心OS：悄虎你這個豬頭，你不用再跟我說你要當什麼了，等你自己搞清楚再跟我講。）

他看到我沒講話，不知好歹的繼續說：馬麻，妳可不可以去買幾個芭比娃娃給我。

（媽媽內心OS：做什麼啦！~~這小孩到底要怎麼樣啊！）

悄虎解釋：我是說買男的，我要幫他們設計衣服。

我驚訝道：你要設計衣服喔，你是要用紙剪一剪，做紙衣服嗎？

他略顯不屑，說：我怎麼可能只是用那樣，我當然要用布來縫啊！

我更驚訝：你會用針線縫衣服嗎？

他非常淡定且自在，說：我不會啊，可是我上次有去上毛線編織課程。

我已無法驚訝了，只問：那你會織毛線嗎？

悄虎笑笑，無所謂的說：我是不會用那些針啦，我都嘛用手綁一綁就好了。

老貓
札記

第五回

悄虎加入我們了

算了算了，不想再跟這個小孩子講話了，我真覺得，與服裝設計師相比，他去當太空人的可能性還會高出很多。

我說：悄虎，你趕快吃，吃完馬上去給我練鋼琴、寫中文作業，還有收拾房間。

我就知道，妳只會叫我做這個~~他一副懷才不遇樣。

我才沒在管他，冷笑著說：對，因為這些是你目前有練習，所以做得比較好的事，有本事你就去織一條圍巾給我，那我就幫你收房間。

其實啊，我表面上這麼說，心裡轉的卻是另外一份心思。

我真正看到的是，悄虎對藝術的熱情，他隨時隨地都在創作，他擁有欣賞藝術的天賦，我很希望盡可能地延長他這種熱情與純然。

✧✧✧　✧✧✧　✧✧✧　✧✧✧　✧✧✧

有幾天我都找不到什麼題材可以發佈在臉書上，就決定主動出擊。

我問站在客廳另一頭的悄虎：最近你有沒有什麼有趣的事，可以讓我寫在臉書上？

他很快回答：有啊，我昨天數學考了一百分。

我覺得沒什麼看頭，就繼續問：欸，考一百分，是很好啦，可是有點太無聊了，有沒有比較戲劇性的，那種讓人家想不到的事。

悄虎沉默了半分鐘，終於回答：馬麻，剛才我去信箱收信的時候，看到一隻狗，就去摸一摸牠，結果牠就跳起來用牠的頭打到我的鼻子，這樣子是不是比較有戲劇性。

接著他就走過來，秀給我看他那紅腫，充滿戲劇張力的鼻子。

這下子，他被我罵了好一會兒，沒事去摸狗做什麼。

悄虎九歲

學不學鋼琴呢

悄虎與我一向無話不談，我們聊天的時候，也都是他在主導話題，因為他只想聊他

喜歡的話題。

最近我一直在思考他的鋼琴生涯（才學兩年是有什麼生涯可言）。

有一天，學完鋼琴的回家途中，我一邊開車，一邊陷入「悄虎學不學鋼琴」這個兩難題，悄虎問我在想什麼？

我說：我一直想要找人討論一件事，可是找不到適合的人。

他精神來了，問：是什麼？是什麼？趕快跟我講。

我說：這個人必須要夠成熟，又有想法，才有辦法跟我討論。

他熱情搖晃我的椅背，說：那就是我啊，趕快講，我能幫妳想想。

我說：就是有關於你學鋼琴的事，我是在想……

還沒等我說完，悄虎果決說：喔，我不想聽。

接著就開始大聲哼起歌來了。

悄虎學了接近兩年的鋼琴，今年開始進入厭倦期，從今年一月分開始，只要我叫他練琴，他就表現極大痛苦的樣子，只要我說哪裡不順，再彈一次，就馬上掉眼淚，有一次還給我哭到喘不過氣，全身顫抖。

我跟悄虎幾次談話，他都跟我表明，他對鋼琴沒有興趣，有一次甚至說，他彈鋼琴是被我們大人逼的。

為此我不停的思考，也不停的請教詢問人。

有人覺得，放棄了可惜。

有人覺得，以目前的情況來看，苦逼小孩練琴，簡直就是作繭自縛。

有人覺得是我逼太緊，應該讓他自由，想練才練。

這些想法糾結了幾個禮拜，直到有一晚，我看到悄虎過去的鋼琴演奏會錄影，這才茅塞頓開。其實像這種「非關生死，就是學個東西而已」的問題，還真的不用問別人，我應該要問我自己，對於「悄虎學鋼琴」這件事的看法？應該要抱著什麼樣的心態？

我自認沒有想要悄虎完成我什麼鋼琴夢，鋼琴對我來講，就是一場童年的折磨，我怎麼可能叫我孩子來完成我的惡夢呢？

只是悄虎這小孩在音樂、美術方面是有天賦的，所以在音樂方面，我想要讓他接觸

鋼琴，當一個音樂的啟蒙，可以展開日後的無限可能。

想法是美好的，但執行過程是很磨人的，尤其我又不是一個意志很堅定的媽媽，一看到小孩演出那受苦戲，就想要帶著他一起逃，完全忘記初衷究竟是什麼。

看到幾支影片中的悄虎，從青澀愛哭到臨危不亂，這才體會到，參與公開演奏對小孩的抗壓訓練是那麼強力直接的，這樣的學習經驗，是我們沒辦法提供的。

譬如說演奏過程中，一旦發生彈錯失誤，該怎麼處變不驚，淡然處之，勇敢繼續彈下去。還有，遇到錯誤的地方，悄虎老會習慣性的想要重彈，公開演奏時，他就必須改掉這壞習慣，一切都只能往前走，不要瀕瀕回顧，過去就過去了。

有了這想法後，我覺得「悄虎學鋼琴」這件事不再只是讀讀樂譜，練練指法技巧這麼簡單無趣了，這也讓鋼琴不再是鋼琴而已。其實轉換個心態，不要抗拒，用心體會音樂裡頭那流倘著豐富多采的生活百態以及亙古不變的人生哲理。

我把這些想法跟悄虎說個明白，也決定不再婉轉安撫浪費時間，搞什麼開明愛的教育，我直接對他說：與其你看譜一直彈錯，折磨我們的耳朵，乾脆你把它們背起來好

了，這樣比較容易放感情進去，錯也錯的美一點，等到你可以隨心所欲彈奏自己喜歡的音樂的那一天，我們就停止學鋼琴。

聽完這些，我本來預期他會抗拒，我也打算要來個持久戰，沒想到，他就跟我說：好，這是妳說的，只要我練到可以輕鬆隨便什麼譜都會彈的時候，就可以不用學了喔！我說對。心裡想的卻是，等到那一天，也許是你求著我讓你繼續學也說不定。

後來的一場鋼琴演奏會，要演奏九首歌，他就背了八首，演奏效果非常好。之後的學習過程也沒有再出現哭嚎的畫面，練習鋼琴越來越認命，整體表現越來越順，還被老師誇獎天生有音感，彈奏很有藝術風格。

✧ ✧ ✧

有一天悄虎跟我說，他已經決定好日後的工作，他要當一個畫家。

我的眼界很膚淺，實在是想不出，一個畫家能靠什麼維生。

我跟他說：悄虎，你還是要幫未來的自己找一個穩定的工作，你喜歡畫畫，可以在工作閒暇，再來畫就好了啊。主要是我覺得你的個性很適合走法律界，你當法官或者律師都很酷耶。

他聽一聽，就在那邊冷笑，也不回應我，繼續在紙上塗塗抹抹，我就問他到底哪裡好笑。

他這才抬頭瞄我一眼，說：那我看，我還是去當「法師」比較有用啦！

這臭小子。

我的勸說失敗，我就叫阿楓哥來試一下身手，看看能不能扭轉悄虎的想法。

爸爸說：悄虎，你很適合當醫生耶，以後去當醫生好不好？

悄虎語帶嘲弄：真的嗎。（這是他敷衍人專用句）

爸爸：對啊，你不是很愛看那個動物的屍體，還會去研究牠們是怎麼個死法？

悄虎：還好吧。（繼續敷衍中）

努力不懈的爸爸：以後你確定要當畫家嗎？

悄虎：嗯哼。（很難聊天的小孩）

已經被打敗，但努力爭取轉圜餘地的爸爸：不然你就去當那個犯罪的側寫畫家。

悄虎：那是什麼？（終於感興趣了）

爸爸：如果有人要指認兇手，警察就會把你叫過去，你就把兇手畫出來。

悄虎：為什麼他們要我去畫犯罪的人，我很不會畫人的臉，尤其是鼻子和耳朵。

皮羊羊在旁邊說：現在都嘛是用電腦畫，悄虎又不是很會電腦，根本沒辦法做這工作。

爸爸說：那這樣子，悄虎又沒有工作可以做了。

我確定阿楓哥的遊說工作失敗。

悄虎是一個意志相當堅定的小孩，自從他立下決心要當一個畫家，他就真的每天不停的畫。

我威脅他，要像逼練鋼琴一樣的逼他畫，他說：我希望妳能夠認真的多逼一點。

果然，真心喜愛的就是不一樣。聽他這樣講，我就真的放心了，我也下定決心，要

全力支持他畫畫。

說要支持，實際做起來也是累，畫畫還是需要到戶外寫生，密西根暖和的日子沒多久，最多兩個月，其他秋天春天都還挺涼的，大概攝氏二十度。

秋天的時候，我們出去散步，悄虎是走到哪裡，畫到哪裡，我在等他畫畫的期間，就會在旁邊泥土地，用一根樹枝往土裡，挖挖挖挖，我在想，到底要挖多深，悄虎才畫好，結果才挖了大概十五公分，悄虎就給我台階下，說：馬麻，我看我們去商店買東西好了，不要坐在這裡吹冷風。

真是個孝順兒子。

他前幾天跟我說，他做了一個夢，夢境內容如下：

一開始畫面是，大家長阿楓哥，覺得有必要把家人的心，再度凝聚在一起，所以他就在客廳的壁爐裡，用他自己做的紙磚，升了一把火，本意應該是想要創造出溫暖家庭的感覺，結果不知道哪裡出了錯，火苗居然開始亂竄，還觸動了煙霧警報器，整個屋子就是一場大災難。

夢中的悄虎，一心只想逃命，卻也不忘跑到我房間拿走他的紙鈔存款，還有他那些畫畫用具，再加上幾件衣服，才趕快逃出火燒的房子。

我是沒有分析夢境的能力，但是我大概知道悄虎目前是什麼的人。就是個愛面子，又愛畫畫的錢伯。

錢伯悄虎最近可要開始賺錢養家了

我有一對雙胞胎家教學生，可愛到每次我一看到他們，總是想把他們揉捏到爆。

當我在教他們的時候，悄虎就在旁當助教，悄虎對他們，總是比我嚴格，每次改考卷或功課，都畫很多刺眼的圈圈叉叉，也會詳細向我打小報告，每當那時候，雙胞胎就會在旁邊做鬼臉搗蛋，皮到雙胞胎媽媽每次都想要揍他們（我發現她根本沒有成功揍到過，因為雙胞胎躲閃非常快），儘管如此，他們還是很喜歡跟著悄虎學習。

有一天，雙胞胎媽媽認為兒子們應該好好的學習畫畫技巧，她就問悄虎，願不願意當雙胞胎的繪畫老師。

悄虎秒回：不要，不要。

幾天後，有一回吃晚餐的時候，我又問悄虎，願不願意當雙胞胎的繪畫老師，一個禮拜一個小時就好了，他就猛搖頭，還把整張臉埋進義大利麵裡，搞得鼻子全是紅紅的醬汁，把我氣到不行，不要就不要，演這麼誇張做什麼。

晚飯過後，我去上網，看看有什麼好玩好買的，這時候悄虎拉來一張椅子坐旁邊，又開始了他的例行娛樂——數鈔票（他的存款）一張一張的大聲數，讓我覺得很吵。

我就問：你存那麼多錢，到底什麼時候要花？

他說：等存滿一百萬的時候再來花。

我問：那你要怎麼花這一百萬？

他說：我是想要把錢送給流浪漢，那些沒有家可以住的人。

（媽媽心裡OS：聽起來好像很有愛心，其實是模仿一個 YouTuber，他就是這麼做，在我看來有點亂灑錢，搏版面。）

我回：可是你現在都沒什麼進帳，要存到一百萬，可能要等一百萬年吧！不如你教雙胞胎畫畫，還能賺點錢，距離你的夢想可能會近一點。

我只是隨便說說，沒想到悄虎想了幾秒，突然問我：妳覺得如果一個小時收十塊錢，會不會太貴？

我說：這得問雙胞胎媽媽。

他說：那妳幫我再問，她可以接受我給雙胞胎很多考試嗎？

我說：考試？！畫畫要考什麼試？

他說：考試內容我必須再想想，但是我一定要考試，可能會考個五十題吧！要寫很多中文，這樣不知道會不會太少，妳趕快去問。

我拼命忍住笑，正打算與雙胞胎媽媽通話的時候，悄虎又打斷我，說：在妳問之前，我必須要給她說明一下我的教學目標。

我跟雙胞胎媽媽來回交流之後，這位媽媽如獲至寶，硬要給悄虎加薪，悄虎頗有大腕風範，果斷說：一個小時十塊錢就夠了，我只在乎雙胞胎有沒有好好考試？

我不禁失笑，說：悄虎，你答應教人家畫畫，該不會只是想要享受「老師考焦學

生」的那種快樂吧。

他在那邊竊笑不語。

我是很期待看到悄虎與雙胞胎可以教學相長，各自都能得到有意義的學習，因為悄虎說，不管雙胞胎將來畫的多好，他一定要保持領先的狀態。

（老貓的心聲：悄虎，好好教課，不要只是在那邊考試啦……）

喝什麼珍珠奶茶

悄虎慢慢長大，對生活中的一切人事物充滿了疑問以及好奇心，他的提問對象，常常是我。

我有一回和悄虎去吃麥當勞，他一邊啃著漢堡一邊說：馬麻，我怎麼記得台灣麥當勞的漢堡比美國的大很多？

我認真想一下，說：會不會是你在台灣吃漢堡的時候，只有六歲，現在你九歲了。六歲悄虎的漢堡跟九歲悄虎的漢堡，產生變化的應該是你本身吧！

他聽一聽，無可無不可，沒反駁。又啃了兩口漢堡，接著說：馬麻，妳知道我的夢想嗎？

我已經解決完我的漢堡了（我不到三分鐘就可以解決一個），可以好整以暇地問：是什麼？

他說：我希望我長大可以當畫家，而且最好我每天畫畫的時候，旁邊就擺著一杯珍珠奶茶，這樣每畫一筆，就吸一口珍珠奶茶，這樣是不是很快樂？

我冷笑三聲。（我現在終於可以體會我老爹當年的心情，每次聽我臭蓋，都會發出詭異的笑聲。）

我回答：沒錯喔，一開始是很快樂，可是等你畫到第六幅畫之後，屁股就會肥到卡在椅子上，再來糖尿病可能就找上你，最慘的就是，有可能得去醫院把血抽出來，在機器裡面洗一洗，再把乾淨的血放回去你的身體裡，這叫洗腎，你覺得這樣會快樂嗎？

悄虎坐在高腳椅上，仰頭長嚎：馬麻，妳為什麼要這樣破壞我的美夢。

第五回

悄虎加入我們了

我沒辦法克制，天性如此，我無法想像我會慈愛看著我的兒子，每天都在那，一邊畫畫一邊喝著珍珠奶茶。畫畫已經要吸一堆顏料的毒素進去肺裡，接著又要吃一堆高糖塑化劑，進去腸胃裡，到底哪個媽會高興啊？

悄虎很符合我的調性

我跟悄虎的互動非常非常的多，主要原因是「中文學習」，雖然他有去中文學校上課，可是我覺得光從學校課本學習知識，遠遠不足以建立深刻且不易被取代的中文底子。也因為悄虎的中文能力不錯（以美國小孩的標準來看），我們母子興趣喜好也相同，我們可以輕鬆進行各種有趣的中文活動。

我常常要幫他找事做。有一次我叫他寫出一篇有插圖的小故事，本來他要寫恐怖故事，可是當他說內容給我聽時，我越聽越毛；接著他說了一則勵志故事，我越聽越覺得無趣；最後想到了愛情故事，我聽一聽內容，只覺得好笑。

悄虎很是無奈地說，可不可以給他一些靈感，我就建議他去看一下我臉書上寫的文章，也許能夠提供他一些想法，他選定了幾篇文章，我加上注音，就讓他去閱讀，不到半小時，他就說他知道要寫什麼了，一個禮拜後，就完成了一份小作品。

其實他很愛做這些小活動，也很敢天馬行空的揮灑創意，不過當他把創作唸給我聽的時候，我會習慣性擠出乾笑聲：嘿嘿嘿，不錯啊。

這時悄虎就會嗤之以鼻，說：馬麻，妳不用說謊了，我看到妳在翻白眼。

我能怎麼辦啊，我就是藏不住心情的人。

在美國學習中文對很多小孩來說，跟在台灣學習英文一樣痛苦傷腦筋，所以悄虎有福氣，願意配合我的教育，不把學習當成壓力或負擔，而是把它當成創意大噴發的機會，這是非常好的心態，這讓他發現中文沒那麼難，只要開頭學通了，之後就是無窮盡的樂趣。

我們也常常一起看中文電視劇，我非常驚訝悄虎居然看得懂很多角色之間，一些比較深層計算的心思，有時候我錯過某些片段，就會問他一些角色之間的互動關係，他都有辦法幫我解釋，甚至男女主角要開始親起來的前十秒，他都有辦法預知，然後叫我拿

個東西幫他擋住眼睛。

我說：你不會自己用手擋住眼睛嗎？

他說：因為妳是媽媽，所以需要這樣做，保護小孩不要讓他們看到不好的。

（媽媽心裡OS：裝乖做什麼，想看就看啊。）

因為我一直找事情讓他忙，所以悄虎現在最大的樂趣，也是幫我找事做，不讓我閒著。

譬如，他想要送他爸爸一幅畫，類似「蒙娜麗莎的微笑」，就逼我當模特兒，還叫我眼神必須表現出「看著一樣不存在的東西」，嘴巴微笑的角度，要讓人家覺得「你好像在笑，其實根本就不想笑」的樣子。

為了找到那正確的感覺，我整張臉都被搞得很僵，還要在不同的背景，搭配不同的燈光，換不同的衣服。

真是我的老天爺啊，悄虎的報復手段真的很高明耶！

很是惜物的悄虎

二〇一九年，悄虎有一雙少林足球鞋，就是一雙在右腳指處破個大洞的藍色布鞋。我屢次叫悄虎丟，悄虎就死巴著不放。

這種節儉過度的小孩，最符合阿楓哥的口味了，阿楓哥很慈愛對悄虎說：沒關係，把拔可以幫你補好這個洞。

當時，悄虎對父親是又親又抱，以表達深深的感謝。

阿楓哥當晚就把鞋子給整好了，交給悄虎。結果……

過了好幾個禮拜，阿楓哥問悄虎：怎麼最近都沒有看到你穿那一雙藍色布鞋啊？

悄虎回：哦，因為現在天氣比較冷，不適合穿。（最好是啦，八月分冷什麼冷）

過了幾個月，阿楓哥問悄虎：怎麼都沒看到你穿那雙藍色布鞋，你不喜歡嗎？

悄虎回：把拔，你幫我把那鞋子修理的太好了，我不想穿壞它。

我在旁邊聽到這，簡直快抓狂了，難道事實呈現還不夠明顯嗎？悄虎邊講，邊跟我使眼色，他知道我很沒辦法忍受這種謊言。

結果到了二〇二〇年三月分，美國開始被「新冠疫情」摧殘，一個月兩個月的居家隔離，所有的社交行為都停止了，悄虎竟然開始穿著它，在我們家四周走動散步。

我問他為什麼現在才要穿，他無奈看著我，回：我覺得沒有什麼可以更糟了。

作自己最好的朋友

悄虎跟我說，他在班上沒有什麼朋友，下課休息時間都是自己待在一個地方畫圖。

我問他為什麼不試著跟其他小朋友一起玩，最多也是幾十分鐘而已，這樣也許可以建立朋友圈。

他說他有試過，可是發現很沒有意義，同樣的追趕遊戲重複一百遍，他的同學們居然還是樂此不疲。

這種時候，他的心中就會產生一個大疑問：為什麼我要浪費時間在這些沒有意義的遊戲上面呢？

他希望的朋友是可以聊天溝通、學習、運動，創作很多有趣的事。

他說他不想要為了「有朋友」這件事，而將就自己，而且他覺得自己有很多事情做，精神也非常愉快。

在這一點，我是很支持他的想法。

我從來就認為，人不用一昧的改變自己去迎合別人，因為那樣得到的感情是很虛的，對我們的生命一點幫助都沒有，只會更寂寞。

我知道有的人很害怕寂寞，害怕自己做決定，總希望周遭有一堆人一起附和著。

我也知道悄虎是一個心智非常強大的小孩，所以我能夠鼓勵他，在等待對的人出現之前，自己就要學習當自己最好的朋友。而且心胸要開放一點，意志堅強一點，學習積極一點，這樣其實不用怕沒有朋友，只要保持這樣的狀態，對的，好的人，就會自動向

你靠攏。

有一件事，我真的打從心裡佩服悄虎，我完全沒有指示或者建議他這麼做。

自從他知道密西根二月分出現疫情，那時學校還沒停課，美國人大多不知道口罩是做什麼用的，他就每天都戴口罩去學校，不論是搭公車或者是在教室都戴著，全班就他一個人這麼做。

我問：你不擔心別人怕你，排擠你嗎？

他說：我就是要他們離我遠遠的，我還跟他們說我有病，這樣他們才不會靠近我。

（美國人的觀念：生病才戴口罩）

我趕快跟他說：你不要說你有病，你只要說你是怕被病毒傳染就好了，而且最重要的就是，你要多洗手，不要用手去揉你的眼睛嘴巴鼻子，衣服回來就馬上洗。

現在疫情才剛剛拉開序幕，「反中情緒」已經明顯出來了，這小孩還這麼的自由自在作自己，在這沒什麼華人的學區，真直接把自己當箭靶了，不過這也是我佩服他的地方，能夠堅強執行自己的理念，不輕易妥協。

悄虎做了一首狂想曲

再過幾天就是父親節了，悄虎花了兩天，總共十二個小時來譜了一份曲，準備要送給爸爸，當父親節禮物。

這是相當花心思，也很大氣的禮物，只是有一個小小遺憾……譜曲的人彈奏不出來。

我問他困難點在哪裡？

他說他的手指不夠大，且技巧不夠，沒辦法彈出這首曲子的節奏。

我說：那你就彈慢一點啊！至少讓我知道，到底是什麼樣的調子。

他說：這樣子亂彈會破壞整首曲子的風格，我不想要自己毀掉自己的作品。

我也無奈，說：好，那你打算怎麼解決，總得把它彈出來吧。

他說他要去請教鋼琴老師，鋼琴老師應該有辦法彈出來，順便教他怎麼彈。這倒也不失為一個好方法。

悄虎的鋼琴老師是一位八十五歲華人老奶奶，非常有愛心也很有精神，已經教授鋼琴五十年，我想鋼琴老師看到悄虎這麼積極求知學音樂，應該也會很高興吧。

果然，老師聽到這事，也很高興有這樣一個充滿創造力的學生，就準備來彈看看。

老師彈一段音節後，她問悄虎：你想要我幫你確認節拍嗎？

悄虎說好。

接著老師就開始訂正一些地方，我沒有仔細聽，因為我在看小說，不過我感覺老師花了很多的時間來一一確認。等到鋼琴課程結束了，老師就稱讚悄虎：Johnny真的很棒，你的數學很好，所以有辦法把節拍用得非常對。（悄虎的英文名：Jonathan暱稱：Johnn）

我想，悄虎的作品可能還不成熟，所以老師必須想盡辦法，從各種可能的角度來給予打氣鼓勵。

老師還很高興的送我切成一半的大西瓜，她買了一大顆，只有一個人，實在吃不完，基於對她的尊敬，我當然要幫忙，就很快樂的接收。

回家途中，我問悄虎，經過老師指導，有沒有比較知道如何彈？坐在後座的悄虎就在那放肆的哀嚎：老師把我的面子都燒掉了啦！

我一聽，不禁笑了出來，不過，我還是得趕快跟他解釋一下。

我說：悄虎，從來就不是這樣看事情的，老師是看你這作品還可以，還有救，所以她才願意花時間來幫你一個一個確認，如果今天你這作品整個都不對，老師肯定只會說：Johnny boy，我們來吃西瓜好不好？我們一定要對願意指導我們的人，心存感恩。

悄虎低聲應了好。

我知道他挺失望自己辛苦創出來的處女作是需要「被指導」那麼一大番的，但是任何事要走向專業，真的都很艱辛漫長，要有很強的信念與勇氣，希望悄虎可以順利找到自己的一片天。

悄虎的生日禮物

這一天是悄虎的生日，老貓、皮羊羊、阿楓哥分別獻上禮物祝福他，其中就屬阿楓哥送禮物的心態，讓人摸不著頭緒。

他送了「畫筆」、「手錶」、「手機」，「錢」這四樣禮物給悄虎，看起來是很豐富，簡直就是爆發戶兒子才會得到的待遇，可是……最後，每一樣禮物都被悄虎以各種理由，委婉的退回。

首先，就是那一包筆，外面包裝華貴精美，悄虎很是興奮，可是一打開，他愣看了五秒後，才小心的問：爸比，請問一下，這些筆不是用來化妝的嗎？

阿楓哥鑾驚訝悄虎眼光怎麼如此銳利，他當時一發現買錯，還期待悄虎可以被呼嚨過去。

第二個禮物是手錶，那是阿楓哥多年前不知在哪買的大手錶，超重、錶面直徑接近四公分。怎麼看就是跟悄虎的手很違和，但他還是硬要送。

還好悄虎比較清醒一點，馬上說：爸比，我想我有你們的愛情錶就夠了，這個你留著自己戴吧。

（悄虎原來戴的是我在二十年前送給阿楓哥的定情機械錶。）

第三個禮物就是手機，阿楓哥預期悄虎會驚喜連連，因為悄虎目前在用的手機，喇叭壞了，所以必須外接一個大喇叭。

悄虎打開層層包裝，一看到是手機，就說：謝謝拔把喔，可是我有手機了耶！

他充耳不聞我們叫他直接拿出來用的建議，一邊不動聲色把手機慢慢包回去。

果然，等到慶祝會後，他請皮羊羊幫忙把手機還給爸爸，悄虎不喜歡當面拂爸爸的好意。

第四個禮物，錢，本來是很實用，但是亞馬遜購物網站的禮金卡，這讓根本不會網站購物的悄虎無所適從，所以慶祝會後，悄虎也很禮貌客氣的問阿楓哥，可不可以換成

現金！

阿楓哥啊，阿楓哥，你可不可以稍微用肚臍想想，怎麼送禮物，給一個物慾極低，熱愛畫圖的十歲小孩。

✧✧✧　✧✧✧　✧✧✧　✧✧✧　✧✧✧

還是媽媽了解兒子

我送悄虎兩樣禮物，來祝福他的生日，分別是畫筆和畫架，他都還蠻喜歡的。

悄虎早在去年，就提出想要有一個畫架了，這麼簡單的一件東西，我拖到悄虎十歲才送他，原因出在於，我想要觀察一下他，在畫畫方面是不是真有「天分」、「熱情」、「決心」與「耐力」，這四項缺一不可，我還私自為悄虎多加一項，我希望他擁有「被批評的勇氣」。

我承認我超級不想把時間與金錢，花在讓小孩探索興趣與技能上，以我的邏輯來講，一個人真心喜歡什麼，根本不用旁人安排或督促，他整個身心靈就投入了，喚也喚不回，如果真不是那塊料，何必要浪費地球資源呢？

也因為這樣，我需要時間觀察，也期待悄虎好好確認自己的興趣與熱情。這段時間其實還挺長的，從去年四月分到今年八月分。

悄虎經過我非常多次的測試，常常必須憋淚聽我的訓話，聽完之後再跟我一起討論他的不足之處以及如何改進。（媽媽老實話：我是沒多懂畫畫這玩意兒，但我還是看得出，用心與不用心。）

因為美國疫情嚴重，根本沒辦法出去學畫，只好靠著自學，完成很多練習，油畫、水彩、壓克力、素描、鉛筆素描。也在網路上學習如何整理收拾這些用具。學會比價，精打細算來買各種材料。

看到他這些努力，我感到無比的欣慰，也就在他十歲生日這一天，送他一個畫架，這是一個極具象徵意義的禮物，代表我的支持、肯定與祝福。

說一說題外話：

我得接受一個事實，每個人都有自己的優點與專長，悄虎的琴棋書畫都挺好，但是

在一些機械裝置方面，就常常無所適從，本來我還不想接受這一個現實，當畫架送來的時候，我一開始就堅持悄虎必須要自己組裝好畫架。

我坐在旁邊，假裝看書，其實密切注意他的一舉一動，皮羊羊則像一隻著急揮動翅膀的母雞，看著小雞仔手忙腳亂，想要介入幫忙，一再地被我喝止。

可惜到了最後，還是皮羊羊把畫架組裝成能用的狀態。

我有些失望，就對皮羊羊說：你這樣一直幫忙，根本在妨礙悄虎的獨立學習。

皮羊羊無奈反駁說：妳知道嗎？我可能是這個家所有人裡面，最希望悄虎可以「有一點像我」的那個人，但他就是很不會這些啊！

後來，我也漸漸釋懷，畢竟遺傳的效力還是不容忽視的，悄虎這是遺傳到我了。

第六回 皮羊羊與悄虎的一些逗趣事

生養這兩個兒子，對我最大的意義，在於讓我有機會，可以不求回報，不用特別學習，就能夠毫無保留付出愛，這樣的心思，其實有些人對寵物也是有同樣的感覺。

皮羊羊好像一隻馬戲團的雜耍熊，愛現且能聚焦，逗人開心。

悄虎很像一隻有個性的貓咪，高興起來，會到你腳邊磨蹭磨蹭，如果心情不佳，任你喊破喉嚨，也不會瞄你一眼。

謝謝你們來當我的孩子喔，媽咪愛你們。

以下就要來開始講講這對相差七歲的兄弟兩，平常的一些互動。

悄虎有時候是真的欠揍（悄虎五歲，皮羊羊十二歲）

皮羊羊高齡九歲才進入中文學校，導致有幾年，學習中文都是他的夢魘時光。

我們不想重蹈覆轍，所以悄虎滿四歲，就送入中文學校幼幼班就讀，讀著讀著，居然讓悄虎整個腦袋開竅，性情大變，從原本的害羞木訥到自信內斂，這一切轉變，我歸功於中文學校演講比賽。

悄虎四歲半，初試啼聲參加演講比賽，在幾百人面前演講居然不怯場，得到冠軍那一刻起，就強化了他日後的學習動能。但是……

悄虎自從演講比賽第一名之後，講話也越來越欠扁起來。

有一陣子，他一直找人挑戰「彈手指」這個本事，他常常邊說話邊啵啵有聲的彈著手指頭，感覺還挺專業的。

皮羊羊的手指在這一方面，就真的不太行，怎麼搓都磨不出聲音。

幾次看下來，悄虎就很討打的說：葛格，你怎麼到這年紀了，還不會使用手指頭，

我看你很難去讀大學。

之後就是一陣兄弟扭打。

還有一次皮羊羊自己動手縫了兩個鬼娃娃，這個才華讓悄虎很是佩服，於是他就在家裡到處詢問人：會不會縫製東西？

問到了阿楓哥，這個人讓悄虎非常驚訝，他們的對話如下：

悄虎問：把拔，你會不會縫東西？

阿楓哥把視線從手機移開，對準兒子迷懵的問：什麼？

悄虎挺有耐心的解釋：就是用針和線這兩個東西，就可以縫東西了啊！

阿楓哥顯出更懵懂的樣子，說：唉呀，我不會耶。

悄虎這下真的非常吃驚了，聲音高八度喊：把拔，你不是說你有讀過大學，怎麼連這都不會。

兩兄弟恐怖的馬桶體驗（悄虎五歲，皮羊羊十二歲）

有一次在晚餐時跟兩個兒子聊天，不知道為何，談話內容居然落到「馬桶」這個話題。

一開始皮羊羊提到他在六歲時，第一次體驗「蹲式馬桶」的恐怖經驗，（那時候還沒有悄虎），當時我們一家三口要從美國飛回台灣，在日本轉機。

在日本機場時，皮羊羊突然內急，因為他一向挺能隨機應變的，也很雀躍想要體驗日本的廁所，所以我們就讓他自己進去廁所。

所有的驚恐都發生在他選到一間「蹲式廁所」後，皮羊羊根本沒有使用「蹲式馬桶」的經驗，完全不知道要怎麼擺放屁股，又不好意思對外求教或者……求救，最後居然像相撲選手一樣，把兩隻手撐在地上，這樣根本整個錯亂，還搞的兩隻手噁心透頂，問題還是沒解決，最後還是他趕快聰明的跑出來，尋找另一間坐式馬桶。以上都是他從廁所出來後，跟我們講的，我和阿楓哥都反射性的跳離他一段距離，皮羊羊說他當時有些難過父母的反應。

那個蹲式馬桶的恐怖記憶困擾了他好一陣子，後來他回來美國，又做了一個惡夢。他夢到他被關在一間廁所裡，他唯一的伙伴就是，一座「蹲式馬桶」，他拼命想逃出那廁所，更驚恐的是，馬桶裡的水居然不斷洶湧而出，最後還變成了一個很大的水龍捲，只要他一接近門邊，水旋渦就會把他捲回去，他陸續試了好幾次，最後終於不敵那個吸力，被吸進糞坑裡了。

聽完皮羊羊的體驗心情，儘管是多年前的事，我和悄虎都表示由衷的同情。

悄虎安慰皮羊羊：葛格，你不用怕，我從日本機場回來之後，也做了一個惡夢。

皮羊羊擔心自己的「恐怖馬桶寶座」可能會被搶走，就很不屑的說：你有可能比我慘嗎？

悄虎說：你聽聽看嘛。接著他就開始述說：

一開始，悄虎在夢中，就遇到了他的伙伴，一個「坐式馬桶」，由於他清楚知道自己是在做夢，所以根本不想要坐到馬桶上，後來是在夢中覺的有些無聊，他想一想，反正是夢，坐上去也不會怎麼樣吧，他就勇敢地坐上去。

結果……突然有水柱從他的屁股兩側噴出來形成兩道相當壯觀的噴泉。如果只是這樣的劇情，夢中的悄虎都還可以接受，因為不管馬桶還是噴泉，他知道都只是夢，最令他寒心的是……

他的媽媽和哥哥突然出現在夢中，就是我和皮羊羊兩個，居然只是站在他面前，冷淡漠然的看著他，這讓夢中的他感覺非常無助，最後還得大吼「快點幫我」才能脫離這悲傷夢境，醒了過來。

我和皮羊羊聽完，也非常非常的同情他。

我懷疑這一定是前不久，我們在日本機場轉機時，悄虎自己前往廁所，結果遇到了「免治馬桶」（註釋一）。

註釋一：免治馬桶在日本稱為【溫水洗淨便座】、在台灣，翻成免治馬桶，是取免「痣」馬桶同音。因為，免治馬桶的發明是針對患有痔瘡的人在便後能夠用溫水沖洗肛門，減輕痔瘡的症狀和增加排便順暢。另外，有習慣性腹瀉的人，可免除擦拭的痛苦，更可避免因為不當擦拭引起微血管破壞出血之細菌感染物。

老貓
札記

哪一個比較真誠呢？（悄虎六歲，皮羊羊十三歲）

有一天，我們全家去餐廳吃早餐，慶祝父親節，順便聽聽兒子們對爸爸的想法。

悄虎對爸爸講的話：

我如果沒有爸爸，我就沒辦法生活在這個世界上。

我最愛能夠幫我們賺錢的爸爸。我最愛和爸爸一起開車兜風，還有爸爸都會陪我看電影，像是哆啦A夢之類的，這些都是我最愛爸爸的部分。可是爸爸最愛我的地方，就是一直叫我背九九乘法。

皮羊羊對爸爸講的話：

爸爸每天陪著我的時候，都會發現我一些優點，但是我跟他在一起的時候，卻會發現他很多缺點。

譬如吃東西的時候，他總是只會想到大家，而不管自己愛吃什麼。還有一個最大的缺點，就是他太多優點了，講都講不完。

皮羊羊講完之後，悄虎冷冷講了一句話：葛格，你不要再拍爸爸的馬屁股了。

參加營隊，兩兄弟兩樣情（悄虎六歲，皮羊羊十三歲）

美國暑假的時候，父母都會讓小孩去參加各種營隊，我當然也都幫皮羊羊悄虎報名。

我就發現，這兩兄弟差異最大的地方，還是個性。

同樣六歲，同樣的營隊，我問他們同樣的問題：好不好玩啊，有不有趣啊。

皮羊羊就會歡天喜地的說著一切，像隻小猩猩在森林裡到處撒歡兒，快樂的不得了。

反之悄虎就一直給我裝酷，問他三句話，才勉強回答兩個字「還好」。

就像今天，是他第一次參加營隊，結束後，我和皮羊羊一起去接悄虎回家，我們一直想知道悄虎的感覺，或者有沒有發生什麼事，可惜遇到一個悶嘴葫蘆。

皮羊羊氣起來，威脅他：你如果再給我講「還好」這兩個字，我就要……用濕濕親，把你親到吐。

威脅完畢，皮羊羊接著問：參加camp好不好玩？

悄虎沉默了好幾十秒，我以為他不會回答了。

結果，他說：還可以。

悄虎就是一個很慢熱，自尊心又強的人，我敢肯定他第一天參加Camp，不會太享受，因為我去接他的時候，他整個肢體語言都非常生硬，雙手緊握拳，走路像僵尸，這是他面對挑戰時，常常會有的舉止。

不過因為他好強，又有一個自然high的哥哥，就算害怕不適應，他也不會輕易表露出來。

我看在眼裡，倒覺得這是很好的學習機會，一次又一次，慢慢就適應了。

自然嗨的哥哥一直問悄虎：在上課活動的時候，有沒有好好的「自我介紹」？

悄虎沉默走著，沒回答。

皮羊羊保持和藹態度，問：你有沒有跟他們講，你叫什麼名字啊，幾歲了，你有一個地球上最好的哥哥之類的。

聽到這裡，我翻了一個白眼。

悄虎看了哥哥一眼，依然沉默的行走。

皮羊羊發揮好哥哥精神，問：在裡面，有沒有人欺負你，跟葛格講，如果有，我明天就去教室好好打他們一頓，或者……被他們打一頓。

我白眼已經翻到，眼球翻不太回來。

兄弟倆的中文學習互動（悄虎六歲，皮羊羊十三歲）

我很喜歡叫皮羊羊還有悄虎一起寫中文作業，因為他們可以互相學習。悄虎年紀雖然比較小，但是中文程度還不錯，搭配皮羊羊亂無章法的中文，常常可以擦出有趣的火花。

今天他們一起寫作業，悄虎問皮羊羊一個問題：葛格，「一隻大章魚的汁」怎麼寫？

哥哥就查了手機，千辛萬苦地寫下：一隻大章魚的汁。

悄虎看了看，說：葛格，我只需要第一個「隻」。

皮羊羊有點不高興，抓頭髮說：我這麼努力寫給你，你居然只需要一個隻。

悄虎很淡定，說：葛格，我從一開始就只想要知道第一個「隻」怎麼寫。

皮羊羊大吼：那你不會說一隻貓，或者是一隻動物，為什麼要說「一隻大章魚的隻」，我以為你是要用「章魚的汁」來造句。

現場沉默了三秒

悄虎說：葛格，我現在發現，我的造句裡面，連第一個「隻」也不需要了。

皮羊羊雙手抱頭，大餅臉猛朝著枕頭撞，喊著：為什麼？為什麼？

我得叫他控制一點，不要搞得太過火。

他才把臉抬起來，傻兮兮的說：嘿嘿嘿！至少我學會「章魚」這兩個字怎麼寫了。

我很高興，他們兩個一起學習，雙方都可以得到一些知識。

兩個不愛運動的小孩（悄虎六歲，皮羊羊十三歲）

大部分的父母，還是會希望小孩文武並重，學業體育都很好，尤其在美國，沒有打個藍球，踢個足球，就好像弱雞一樣。偏偏我兩個兒子，都是世界和平愛好者，不喜歡

在那麼一群人裡面追逐著一顆球。

皮羊羊曾經認為打籃球的時候，應該要一人一顆球才公平。

悄虎則認為，踢足球的時候，每個人都有一顆球來踢才合理。

簡而言之，他們兩個對美國的團體運動項目都很排斥，所以我建議皮羊羊往高爾夫球或者網球界發展。

至於悄虎，我還是一直鼓勵足球這個運動，主要有兩個原因，這比較便宜，而且足球其實是一個很好的團隊活動，可以訓練各種有的沒的，天知道的能力。

可惜的是，有一天我去接悄虎放學，走回家的一路上，我費盡口舌，試圖鼓勵他加入足球隊，就在我獨白了幾分鐘後，準備休息喘口氣，竟聽到悄虎不冷不熱的回答：馬麻，妳不用再說了，我想我已經從足球界退休了。

悄虎，你給我記住（大吼）。

最好吃的戰場（悄虎六歲，皮羊羊十三歲）

每次在外頭吃東西，悄虎壓力就很大，因為永遠有人會在旁邊虎視眈眈著他的餐點。

悄虎吃東西，溫溫吞吞像那慢郎中；皮羊羊吃東西，狼吞虎嚥快如龍捲風。

我在餐桌上最常講的話就是：「皮羊羊，不要搶你弟弟的食物。」或者是「悄虎，趕快吃，不然會被葛格吃掉」。

其實皮羊羊平常對弟弟是很照顧的，但是只要一碰到好吃的東西，就會比較失去理性，這一點跟我太像了，我沒有理由太苛責他，我能夠理解那種衝動。

我從小吃東西，都是嘴巴嚼著A，筷子夾著B，眼睛盯著C，腦子想著D。ABCD都是食物，導致我吃飯不太講話的。

我唯一能夠建議皮羊羊的地方就是，找到讓對方心甘情願跟你分享食物的方法，交換或者是利誘之類的，我堅持悄虎必須學習保護好自己想吃的食物。

目前執行的不錯，我常常能在餐桌上，欣賞一場場無傷大雅的爾虞我詐。

釣魚談人生（悄虎七歲，皮羊羊十四歲）

前幾天和朋友們一起去釣魚場釣魚，那裡可以現釣現烤現吃，因為聽朋友說非常好釣，幾分鐘就一隻，那一隻就夠兩個人吃了，所以我和小孩約好，一人釣一隻。

當天真的是豔陽高照，非常的熱，我只不過擺放個器具，就已經大汗淋漓了（可能我是漢人的關係吧）！皮羊羊一到現場，找好釣竿，放好餌，大概磨個十幾分鐘，就釣上來一隻，我們高興的請店家處理魚，然後馬上烤，魚熟了，大家吃個精光，大家都對皮羊羊連連讚美。

反觀悄虎，也是找好位置，釣竿放了餌，開始釣釣釣，一釣就是兩個小時，到最後一隻也沒釣到，滿頭大汗臉黑黑的回來，沮喪至極，吃了一點東西後，經過大人的鼓勵，他又拿起釣竿繼續釣，這一次很多軍師提供意見，終於釣到了，大家都鬆了一口

氣，可以收工回家。（比哥哥的還大隻）

這次的釣魚經驗完全展現這兩個小孩的個性與人生態度。

皮羊羊很會隨機應變，適應環境，如果發現這一處比較沒魚，他會趕快換地方，他應該有換了三、四個不同地點，很快他就釣起了一條魚，帶給大家歡樂，不過也因為是我們當場自己烤，沒辦法做最好的調味，純粹吃趣味。

皮羊羊從小就很能帶給我們驚喜與趣味，對很多事情也都願意去嘗試與解決問題，但是缺乏耐力與細心，也因為這樣，我希望他的人生一開始不要像這次釣魚，輕而易舉地就釣上一條魚，如果生命中發生輕而易舉就成功的事，那其實是老天爺為你設下的巧妙陷阱。

悄虎則堅持固守崗位，很多人勸他換地方釣，他都不聽，就算一次又一次的失敗，太陽曬到汗流浹背，滿臉通紅，他還是固執不動，後來我看不下去了，勸他換一個比較熱門的位置，他有點心動，可是卻被旁邊更固執的阿楓哥阻止了。

阿楓哥說：我就不相信這個地方釣不上來一隻魚。撐到最後，他們在同樣的位置，

成功釣上一條大魚，那條魚就帶回家，被我華麗麗的料理，那才是真正好吃的美食啊！

相較於皮羊羊，我比較慶幸悄虎這次的釣魚體驗，他做什麼事都希望能夠靠自己的力量完成，儘管旁邊大人想幫忙，也提供很多意見，他還是執著的堅持自己的想法，這樣的人，也許展開人生時會辛苦，但是我很相信這些歷程會孕育無價的生命內涵。

當然我也不希望他做什麼事都得搞到自己精疲力盡，頭破血流，榨乾最後一絲精力，這樣的人生在我看來也是挺失敗的，所以他要學習如何能夠聰明的努力，達到設定目標。

不同的性格會導致不同的生命旅程，其實，我覺得這兩個小孩都很好，沒什麼需要被改變。

愛人與被愛都需要學習啊！（悄虎七歲，皮羊羊十四歲）

老貓現在看起來是一位很有愛心與耐心的好人，但是真要我捧著良心講，在悄虎進

入我的生活前，也就是七年多前，我覺得小孩子就是「煩」這個字的最佳詮釋（皮羊羊例外）。

我勉強接受那種胖胖可愛又愛笑的那種小嬰兒，不過如果會跑會跳了，我絕對能避就避。

總之，我還真的不太喜歡小孩子在我周圍半徑五公尺內跑來跑去，吵來吵去，我並不太享受小孩的歡笑聲那種場合。

因為我不是那種有愛心與耐心的媽媽，所以我與我孩子相處時，完全沒有童言童語，軟言軟語那些夢幻劇情，一切都要以經濟、方便、實用為原則。

不過，有時候為了達到目的，還是得編一些有的沒的來哄小孩，這是我當母親這個角色時，最享受的地方，看到小孩傻傻快樂的落入我編織好的陷阱裡，那個愉悅感應該僅次於被帥哥搭訕吧（我是指婚前）！

皮羊羊小時候常常問我：馬麻，妳愛我嗎？

我回：當然愛啊，不然我跟你待在這個垃圾堆裡幹什麼。（我指著被他弄亂的客廳）

他又問：我要怎麼做，才會讓很多人都愛我。

我反問：爸爸媽媽阿公阿嬤都愛你還不夠嗎？幹嘛要很多人愛。

羊：我就喜歡被很多人愛嘛。

媽：好啦，好啦，我是有個方法，不過這要看你有沒有本事了。

羊：是什麼？

媽：其實很簡單，你就讓你周遭的人，感到快樂就好了。

羊：咦，要怎麼讓他們快樂？

媽：我怎麼知道，我也沒有真的嘗試過，不過我想，現在你樣子還挺可愛的，你就對他們保持微笑，有禮貌打招呼，順便聊一下天，正常來講，大人看到這麼有禮貌笑咪咪的小孩，應該就會快樂起來了。

以上是皮羊羊，從三歲就很在意著這事情，他是一個很有愛的小孩，所以之後，他也都這麼執行了。

另一個小孩，悄虎，就從來沒有關心過「如何得到愛」這個話題，更別說要如何使人快樂。

我最近一直教育他，如何不要使別人不快樂，或者讓別人心裡有負擔。

有一天，睡覺前，我們例行聊會兒天。

我說：悄虎，我希望你跟人家聊天的時候，聲音大一點，有力一點，行不行？

他說：可以啊！

他答應得這麼爽快，我覺得話題進行順利，就再說：還有，如果有人問你問題，你需要想一想，那就直接跟人家說，需要時間想一下，不要等到大家都呼吸完三十次之後，才小小聲說「不知道」，這樣會讓與你談話的人很抓狂。

他問：為什麼他們會抓狂？

我回：因為你呼吸了三十次，代表時間可能已經過了五十秒，快要一分鐘，才得到一個「不知道」的答案，如果是你，你會不會抓狂？

他秒回：我不會啊，他們不要來問我問題就好了。

我用力捏扯被子一角，回：可是有時候人家想跟你聊天啊！你如果講話小聲，然後回答問題也慢吞吞，這樣子跟你聊天的人，就會很累，不快樂了。

他又秒回：可是我不管他們快不快樂阿。

我開始語氣壓抑，說：對對，你是沒有責任要讓他們快樂。可是，如果你可以不

用花什麼力氣，就能夠讓人家快樂，這樣也算是做好事吧！這樣的人在地球上是比較有用。

豬悄虎很有個性：可是有時候我就是不想聊天啊！

氣勢弱的馬麻：又沒有叫你聊天，只叫你回答問題大聲一點，有禮貌一點，不要造成別人的心理負擔，而且，你根本很會聊好不好，每次睡覺前就講個不停。

理直氣壯的悄虎：那是因為我要知道妳的祕密啊，所以我必須要一直跟妳聊天，才會知道妳小時候發生什麼好笑的事。

弘母：好了，好了，趕快給我睡覺。

面對悄虎這傢伙，我投降，只要他願意講話就好了。

今天早上，悄虎講了幾句話，讓我足足思考一整天。

這一兩天，他開始流鼻涕了，所以早上的時候，我叫他用洗鼻器自己洗鼻子。他就打開水龍頭，等待水變熱的過程，那個滔滔流水聲，刺痛我的神經，我聽不下去了，跟他說：你不要這麼浪費水，行不行？

他露出一副無可奈何的樣子，說：馬麻，妳知道嗎？根本不是我在浪費水，是水自

己在浪費自己。

他講話那種無奈卻理所當然的神情，當場鎮懾了我。

等他去上學之後，我都還一直在想這個概念，還試著放各種名詞上去，也都行得通，譬如說時間或金錢等。這個當然是歪理，不過，我一向奉行「有想法才能有辦法」的教育理念，悄虎真的是非常合我的口味，他也讓我對「小孩子」開始感興趣了，不過應該是假象啦，如果小孩子又在我旁邊野起來，我的熱情肯定瞬間降到冰點。

金光閃閃，人模人樣的西裝二郎君（悄虎七歲，皮羊羊十四歲）

一直以來，我在教育方面有一個信念：只要學好一門知識，其他學習也會被帶動起來。所以我非常堅持我的兒子們必須把中文這一項給搞定，那種學習精神就能套用到其他的學問上了。

在中文學習的讀寫方面，我不太講究考試幾分，但是我很計較作業的完成度以及正確率。

在口語方面，我就很重視上台面對觀眾的演說應變能力，還有平常聊天的時間長度以及內容深度，都是我評估小孩中文能力的一些指標。

皮羊羊和悄虎已經很習慣且認同我這一套理念，所以遇到比賽或表演場合，都會認真以待，求得好表現。

不過，有時候他們會放錯重點。

就像今年中文學校的的演講比賽，比賽前三個小時，參賽者是不是應該要稍微用力，再接再厲的練習一下演講稿。但是呢……

皮羊羊滿腦子都在想著要如何帥帥的出場，悄虎則對著鏡子左擺右擺，不停的拋媚眼。

兩個各自去找出兩套西裝，皮羊羊的西裝是從二手店買來的，一件十塊錢；悄虎身上穿的是鄰居小孩二手衣，完全免費。他們一邊各自搭配領帶梳頭髮，一邊不停地互相批評對方，這個嫌皮羊羊領帶太土，那個批評悄虎上衣褲子顏色不搭。

兩個人一穿上西裝就會帥哥魂上身，不停的幻想自己玉樹臨風般站上舞台，帥到大家都冒煙。

看著這兩個不停搔首弄姿的兒子，我真的很緊張，不禁高八度大吼：你們是要去選美嗎？還是要去結婚典禮？趕快給我滾去練演講啦！

幾個月後，這兩兄弟要在一場全美中文學校的比賽會場，表演一段相聲，經過了幾個月的練習，直到上台前幾小時，我們還在不停的修正語氣手勢等等，更讓我心驚的是，我一直到他們上台前三十分鐘，才猛然發覺，我忘記幫小孩準備感謝詞了，少了這結尾，就好像吃了一頓豐盛大餐，卻少了飯後甜點般讓人感覺不圓滿。

幸運的是這哥兒倆，還算有用，馬上一人創作出一段出來，稍做演練，就上場了，可能是出自真心，所以在台上有做個完美的收尾。

尤其是臭悄虎，他上台前跟我說，他要講什麼「父母都很舒服的窩在沙發上，看著小孩辛苦努力的練習」。

當時我不改他的台詞。

一來，我覺得挺寫實的；二來，我怕他到時候上場沒辦法好好發揮。

事後我跟他略微抗議。他居然說：我本來是要說「媽媽每次都非常爽的躺在沙發

上，看著小孩在那邊辛苦流汗的練習」。

我說：你那麼愛講，為什麼在台上的時候不乾脆這麼講。

他笑笑地說：我覺得這樣講，讓人聽起來，會覺得我很沒禮貌。

我心想：虧你還知道喔。

「父母最大的喜悅，就是陪伴小孩一起參與各式比賽表演」這樣的一個想法，常常出現在我心中。

認真剖析的話，「喜悅」的這種情緒，只出現在整個演練過程的百分之一，其他的百分之九十九的心情都是在煩悶、爭執、叨唸、不耐、吼罵、妥協、不停深呼吸克制中渡過，沒有一百分的耐心與信心，真的很難熬。

究竟值不值得呢，我個人是認為，就算是拿「足以買下全世界的錢」，跟我交換，「與小孩的互動回憶」，我可能要考慮好幾個月，然後答案是「NO」。

也許用錢是可以買下整個世界，但是我可以不用花錢，就擁有整個世界，那不是比較方便合理嗎？

一沙一世界，一個想法就會轉念一個人生價值，我是這樣覺得。（不過，再想想，我還是……有一點點想要……！）

兒子們的生日（悄虎八歲，皮羊羊十五歲）

老貓對生日這一天的期許，幾乎每年都是一樣，那就是：希望一年三百六十五天都是平安快樂的生日。我完全不想要有什麼慶祝派對，搞的跟王母娘娘壽桃宴似的。

放到兒子們的生日上頭，也是同樣理念，頂多讓他們生日那一天，隨心所欲一點，多吃一點，多笑一點，那就非常愜意了。

先來談談皮羊羊十五歲生日

也許是他年紀大了，或者是平常就應有盡有，沒有什麼好特別的慶祝。頂多，昨天去中國超市，我讓他自由的選「三樣東西」，他馬上快樂地選了養樂多、果凍、香腸、一箱綠茶、玫瑰花茶，還要給我買泡菜，我有些後悔送他這樣的生日禮物，在我明示、暗示癌症風險之後，他終於放棄了香腸。

今天晚上我煮了一隻鴨，當我正打算大快朵頤的時候，皮羊羊立馬夾走了鴨腿，我大喊：嘿，那是我的……

皮羊羊慢悠悠的說：咦，今天是不是我的生日啊！

我一驚，趕快道歉，好像已經把他的生日整個拋到九霄雲外了。

飯後，兄弟倆下著棋，快要輸的悄虎藉機補上一拳。他對著下棋思考中的皮羊羊說：葛格，你知道今天晚上要做什麼嗎？

皮羊羊移動一下棋子，還帶點期待問：有什麼好玩想慶祝的事嗎？

悄虎老奸的笑說：你今天必須倒垃圾，記得嗎？不然你就會被罰五塊錢，嘿嘿，這就是我送給你的生日禮物，「提醒你要倒垃圾」。

……皮羊羊滿臉黑線……

我看到這情形，也是於心不忍，就跟悄虎說：今天是你哥哥的生日，你必須要送他生日禮物，你去幫他倒垃圾，就是最好的禮物。

這下子換悄虎滿臉黑線，躲到椅子下，怎麼叫都不出來。

其實皮羊羊的日子多采多姿，大部分的日子都還挺愉悅的，他想要電腦，就自己去把家裡壞掉或者是不用的電腦，拆拆補補組合一下，有時候需要架子櫃子，他就自己去鋸木頭，裝訂一下，更多時候，他想要吃雜七雜八的東西，就自己去廚房擺擺弄弄。

我問他生活中到底還缺什麼，他想半天真的想不出。

我覺得快樂的人、容易滿足的人，其實每天都是生日快樂。我最稱讚皮羊羊的就是，重視感情與家人，而且能夠從容應付我們的一些小調戲與捉弄。

昨天他本來跟兩個帥妞約要去吃拉麵，因我們說要跟他一起過，他也就回絕人家了。

皮羊羊，你是這麼好的孩子，媽咪祝你每一天都能夠找到快樂的事。

我也相信「幫媽媽做家事」就會讓你每天都快樂。

再來談談悄虎八歲生日。

還真沒什麼好講的，我們去美術館被藝術薰陶了一整個下午，因為悄虎的生日願望

就是去美術館畫雕像。比較特別的地方還是在皮羊羊，他居然想要一起去，我以為他也是跟悄虎一樣，對藝術有追求了，結果到了那，我陪著悄虎一個雕像畫過一個，而皮羊羊卻頻頻往外跑。

我就想，外面那麼熱，究竟有什麼好玩的，後來才知道外面有一個舞台，有一些年輕團體表演跳舞，其中有幾位是皮羊羊的「女性朋友」。

回家途中，皮羊羊好聲好氣的問：馬麻，馬麻，下禮拜是我朋友的生日，我可不可以去買禮物送給他？

我說：好啊，男的女的？需要我載你去嗎？

他回：她是今天跳舞的其中一個啦！

我想著：哦，是女的啊，這小子與朋友互動還不錯嘛！

可是又仔細一想，今天早上皮羊羊送悄虎的生日禮物，隨便到讓我想生氣，他把阿楓哥買的數學習作本包一包，就說是送給悄虎的生日禮物。

我問阿楓哥：為什麼一樣是人，待遇差別這麼多？

阿楓哥一副洞悉世事的回：有人發春了啦！

幾天後……

我護送這一隻兔兔布偶去那女孩家（皮羊羊精心挑選的禮物，還寫卡片呢），只有牠能坐前座。

我叫皮羊羊把禮物當面送到人的手上，但是這個帥哥居然按一下門鈴，馬上跑掉。

這舉動被我取笑到不行，也太害羞了吧，不過相當可愛。

令人訝異的二〇二〇年（悄虎九歲，皮羊羊十六歲）

美國在二〇二〇這一年，真的是非常辛苦，四月分，密西根這裡閉關隔離的很過癮，我們家也因此過得很是鬱悶鬱悶的。

其實也不能說那段時間很負面，還是會有一些充滿正能量的人，這次長時間居家隔離，很多大人可能心情煩悶，覺得被困住了，但我家兩個小孩卻歡快的度過每一天。

皮羊羊平常很愛瞎折騰，除了學校社團，在家也不停的搞吃的、喝的、玩的，過得

很滋潤，但……只要阿楓哥一問他SAT準備的如何，他瞬間就整個人垮掉，像洩了氣的輪胎，歪歪扭扭的滾入房間書桌。

如今皮羊羊很快樂，因為不用考試了，什麼SAT、ACT，期末考都沒有了。

在家的這些日子，他跟朋友一起參加「人口普查MV設計比賽」，這些日子就是不停的編曲、拍攝、後製，皮羊羊把他的亞洲朋友們都聚集起來（日本、韓國、印度、菲律賓）要拍六部MV，我在想他們是要以多制勝嗎？

讓我驚訝的是皮羊羊的影像處理能力，雖然是用試用版繪圖軟體，電腦硬體也都是東拼西湊零件組裝起來，但整個影片出來，還算可以。

看到他這麼上進，我真的很想要買設備給他，可是他說他要靠自己買設備，雖然不知道這是哪來的自信，但我真是太愛這隻皮羊羊了。

悄虎則是不停的畫，一下子水彩、一下子油畫、壓克力、素描。

我唯一會去干擾他的地方就是中文學習和鋼琴，但是居家隔離的關係，沒去上鋼琴課，鋼琴就整個荒廢掉了，我想要激勵他，就讓他看台灣小孩參加鋼琴比賽的影片，結果他看了幾秒，說：很好啊，可惜那不是我。

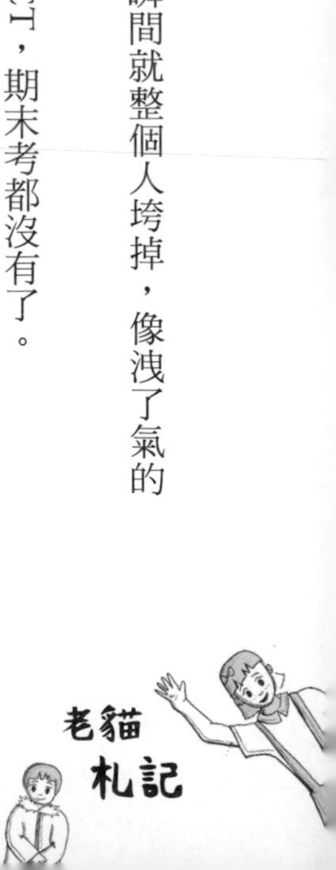

就給我跑了。

儘管如此，悄虎讓我覺得安心的地方就是，他知道自己要什麼，不要什麼，不會想要討好別人而委屈自己，但是也不會固執拒絕所有的嘗試機會。

這兄弟倆的調性是如此迥然不同，但是經過好的導引，也能夠一直保持著互相依存的良性競爭，譬如畫畫這件事，皮羊羊本來是不怎麼當一回事，但最近有被悄虎刺激到。

皮羊羊平常有事沒事就會傳自己的塗鴉或攝影作品上去Instagram，他的朋友大多會來點個讚，但不留言，這雖然不能滿足皮羊羊的表現慾，但也聊勝於無。

奇怪的是，前幾天他把悄虎的作品傳上去，居然引發朋友們的大討論，很多人說喜歡，很棒之類的。

有人留：Ben，你怎麼進步這麼多。（Ben是皮羊羊英文名）

也有人留言：你怎麼突然畫這麼好。

皮羊羊解釋：這是我弟弟畫的。

結果有人就說：我好嫉妒你弟弟的才華喔！

我可以想像這些朋友是如何讓皮羊羊抓狂，不過也因此讓他開始認真對待「畫圖」這件事。

這兩個男孩約定好，在這段時間，每天早上都要創作一樣東西出來，有時候畫畫、有時候攝影，或者作曲，忙得不亦樂乎，我私下幫這些作品取名「啥米挖溝帥哥夢」。

因為這樣不停的玩玩玩，也就發生了一件匪夷所思的事。

皮羊羊，我們家的長男（悄虎一直以為是「蟑螂」）他看到我們對家裡經濟的擔憂，馬上勒緊褲腰帶，還聽了阿楓哥的建言，準備把我們家的破銅爛鐵都拿出來放上 eBay 拍賣。

其中一項最莫名其妙的拍賣品是一幅畫，那是悄虎去年二〇一九畫的。

我不確定皮羊羊是真相信弟弟的才華，還是覺得 eBay 上怪人多，肯定會有人賞識這種藝術，總之皮羊羊努力遊說悄虎割愛，把這幅「流膿眼睛畫」，給貢獻出來，為家庭掙一口飯吃。

我必須先介紹這幅「流膿眼睛畫」，以下看到的圖片，其實不是二〇一九的原始樣子。

一年前我有詢問過悄虎，是什麼樣的因緣際會，讓他產生「眼睛流膿」這種驚悚的創作？

他認真說，原始構想主要是來自於，加了很多糖漿的甜甜圈，他從各種角度去觀看那甜甜圈，腦海中就出現了這個絕妙畫面，回到家趕快畫出來。

當時我聽他這麼講，也剛好我們客廳那時剛粉刷好，所以需要一點「有創意、有理念」的東西來裝飾，我就跟他商量，可不可以把這幅畫放到客廳，結果這傢伙居然說不行，他給的理由倒也合情合理。他說他要把這幅畫掛床頭，這樣自己每天起床，第一眼就可以欣賞到這幅畫，心情也會很好。

對於這種過分自戀的人，我是沒有什麼斡旋的餘地。

我們回來講今年二〇二〇，四月分。

經過皮羊羊的遊說，成功讓悄虎割愛。

皮羊羊準備拍賣這幅畫的時候，突然發覺，如此簡單意念所產生的作品，可能勾不

起人們的興趣，所以他再度說服悄虎一起將這顆流膿眼睛，重新修整一番。

悄虎為它加入一對翅膀，皮羊羊則加入一灘淚液，也把眼球畫更精緻，點綴光彩沁人。

「有夢就會美」，皮羊羊終於把這幅畫放上eBay，美金一百元起跳競標。

這全部的工作，都是靠哥倆兒自己完成，我唯一有付出心血的地方就是，當我被告知有這一項買賣時，仰天長笑到肚子很痛！！！

兩天後，居然來了一件讓我不知道要怎麼笑的事：有一個買家，打算用美金一百五十塊，把這幅畫搶標下來。

我當時一聽到這件事，就說：那個人腦袋是有問題嗎？還是眼睛流膿，導致眼光怪怪的啊！

皮羊羊和阿楓哥都嚴詞指責我，說我這樣根本就看扁悄虎，而且我這種什麼事都想的很負面的態度，讓人都不想努力了。

悄虎無法否認我的質疑有道理，但絕對沒有很開心我的態度。

我也知道當一個創作者賣出一個作品，會有一種很夢幻、被接受，被肯定的快樂感覺。所以我就帶著不可思議但又有點期盼的心情，把這件事寫上臉書。

結果呢？劇情也是朝著合理的方向發展。

一發現有人對「流膿眼睛畫」感興趣，皮羊羊在隔一天馬上趁勝追擊，又放另一幅悄虎的畫上去eBay（另一幅畫比較正常）。

結果呢？只隔了一天，居然又有一個買家說要買第二幅畫。聽到這消息，我是覺得好玩有趣，又加很多質疑，但不能多講，免得又被說只會澆冷水。

結果呢？大家快樂沒多久就轉為疑慮了，因為第一個買家在兩天後說：他花一百五十塊買「眼睛流膿畫」，會把錢匯入皮羊羊Paypal帳戶裡，但要皮羊羊寄五十塊現金卡去他指定的地址（在英國某個地方）。

就是這個要求敲響了警鐘。

皮羊羊在Google上面爬文，發現了很多買賣陷阱，這一次的買賣就犯了兩條規。

一、買家要求用私人電話聯絡，不用eBay正常聯繫管道，也就會沒有通訊匯款記錄，無法追蹤。

二、買家要求寄現金卡，這一點就非常的不行了。像這類案例，那買家會先把錢放到Paypal銀行，等皮羊羊寄匯了五十塊現金卡去給買家，買家馬上去跟Paypal說，他需要把錢退回來。

皮羊羊發現情形不對，就拒絕那個買家，結果那兩幅畫一直在ebay網站漂浮著，飄著飄著，就會自動沒戲唱了！

經過改造過的「流膿眼精畫」，目前安穩待在我們的客廳，那也許是它最適合的位置，提醒著我們過去這幾個月，是如何的充滿歡樂。

希望日後不要有人上當，這麼一來這幅畫的產生，也算是有一些意義了。

在新冠疫情肆虐下的美國教育（悄虎九歲，皮羊羊十六歲）

面對疫情的突襲，美國教育制度經過了幾個月的慌亂，終於討論出一些方向。

我們這學區的教學計劃終於出來了，如預期般，接下來有兩種上課方式可以讓學生

自由選：

一、去學校上課，每個禮拜上兩天課，另外三天用網路上課。

二、全部網路上課，每個星期五可以跟老師網路通話。

皮羊羊幫悄虎和自己，報名了全網路上課。

其實就在上個禮拜，皮羊羊還在苦苦掙扎，想盡各種理由說服我，譬如說：

他認為學習化學、物理這些課程，一定要做實驗，才能夠學習到有用的東西。到學校可以與老師直接溝通，學習，比較有效率。很多作業報告，有老師盯著，感覺比較有動力寫完。他也保證一定會戴口罩，不會與人近距離接觸。

聽完這些陳述，我整顆心為之動搖，可是……又可惜，那個關鍵因素——病毒感染控制不佳的問題，依然存在。

它解不了，我們也解不了啊！

疫情發作了好幾個月，美國最近才開始強制戴口罩，這種非自發半強迫的規定，有辦法讓美國這些自由慣了的年輕學子，在學校戴口罩上課一整天嗎？這其實是很強人所

難的。

老貓是對「戴口罩防疫」有強烈信念的人，但是戴一個小時口罩，都讓我覺得消極無趣了，何況是被逼著戴口罩的那些人，這真不是一個「難」字寫得完。

不是你一個人守規矩戴口罩就好，必須要全部人的齊心配合才行，一間教室只要有一個人中獎了，牽連的可能就是好幾十個家庭。

一個人感染了，等於全家感染，也可能感染到其他跟這家庭有接觸的人，所以去不去學校已經不是一個人的問題，而是一大串人的問題。

今年秋冬又不會只有這個病毒，其他的流感病毒，甚至未知的病毒，還是存在的，只是目前這個新冠病毒比較紅而已。

在能夠有選擇的情況下，當然只能選擇不去學校了。

換一個角度思考，對皮羊羊來說，這一年的學習模式，可能會是他日後做事很關鍵的一年，因為再來所有的學習，都沒有老師在旁邊督促功課，父母更是無從介入，一切都要靠他跟一台電腦在那邊交流學習。

「時間管理」與「自我要求」，這兩項對皮羊羊來講，是非常大的挑戰，剛好在這一次危機中，有機會改善改善，把它變成一個轉捩點。

我跟皮羊羊說：這個學年你可能會失去所有的社交活動，感覺必須自己一個人孤軍奮戰，不過你也可能會因此建立非常好的自學系統。去學校上課的你，只是一頭牛，被老師牽著跑；但是，在家裡自學的你，卻有可能變成一條龍，之後進入大學，就有機會一飛沖天、自由翱翔。

希望明年你可以幫自己爭取到一間能夠發揮你所長的大學，到時候你就可以看看，你閉關修煉一年之後，會在大學生活中發揮什麼效果。

我以為跟皮羊羊苦口婆心講了這麼多，會得到一聲感謝，結果，這無禮的小孩居然回我：好啦，好啦，不要再浪費口水說這些我已經知道的事了。

深愛國粹的倆兄弟（悄虎九歲，皮羊羊十六歲）

皮羊羊是悄虎的麻將啟蒙老師，悄虎七歲的時候，皮羊羊就蹲在地上，手把手的把悄虎教會，經過兩年的磨練，悄虎也是麻將小玩家了。

這一年的七月四號，麻將王皮羊羊一直逼我們用打麻將來慶祝美國國慶日。

這天哥兒倆早就商量好，一定要穿紅內褲，悄虎還穿了兩層紅內褲。

我是很不喜歡玩麻將，因為要坐在那裡精神緊繃，然後手還得不停的運動，感覺勞心又勞力，但是為了不掃興，就下場玩一玩。

只有開門第一場，我小贏了一下，接下來皮羊羊七連莊，中間悄虎小胡一把，再來又是皮羊羊連莊，最後還自摸門清一摸三。

我們都很驚訝皮羊羊怎麼會有這等好運氣，他有些老成地說，重點在態度問題，還有最大的必勝武器——紅內褲。

我們會後檢討，為什麼悄虎贏得不多，明明中間很多次他都在聽，而且也照規矩穿紅內褲了。

悄虎這會兒才害羞的承認：他在紅內褲裡，又加了一件白色三角褲。

這下我們終於找到問題出在哪裡！

貓語記錄：

寫到這，老貓是既歡喜，又有些微感傷。

我明白，我的兒子終歸得長大，得面對很多現實的考驗，尤其是成年後，為人夫、為人父、他們必須為那不知所以然的未來，為那些無法計算的人生得失，而忙著團團轉。

我希望，這些記錄下來的點點滴滴，可以讓他們保有美好情感與回憶，哪怕一點點，也許都會是上天給予的慈悲。

我希望他們長大不要太害怕需要面對的人生挑戰，有任何感覺過不去的關卡，就回頭想想童年時的快樂回憶，讓一切思緒都回到初衷，也許就有機會得到答案。

老貓想分享一首詩，來充分表達對兒子們，簡單純粹又充滿期許祝福的心意。

《致我們終將遠離的子女》——黎巴嫩裔美國詩人作家紀伯倫

你的兒女，其實不是你的兒女。
他們是因生命對於自身的渴望，而誕生的孩子。
他們借助你來到這個世界，卻非因你或為你而來，
他們在你身旁，卻並不屬於你。
你可以給予他們的：是你的愛，卻不是你的想法，
因為他們有自己的思想。
你可以庇護的：是他們的身體，卻不是他們的靈魂，
因為他們的靈魂屬於明天，屬於你做夢也無法到達的明天。
你可以拼盡全力，變得像他們一樣，卻不要讓他們變得和你一樣，
因為生命不會後退，也不該停留於過去。
你是弓，兒女是從你那裡射出的箭。
弓箭手望著未來之路上的箭靶，
他用盡力氣拉開，使他的箭射得又快又遠。

懷著快樂的心情，在弓箭手的手中彎曲吧，
因為他愛一路飛翔的箭，也愛無比穩定的弓。

第七回 阿楓哥是怎麼樣的一個人呢？

老貓十九歲那年春天，在逢甲校園第一次遇見了阿楓哥，從少女到少婦，經過好幾十個年頭，就只有這一個男人。其實至今，我還不敢保證，百分百理解阿楓哥這個人。

也許是老貓喜歡在一份無論多麼親密的關係中，堅持雙方還是要有一些模糊或留白的空間。所以我們日常相處中，只要不干擾到老貓的思想言論自由，阿楓哥與我的爭執，通常能大事化小，小事化無。

從之前文章也大致知道這是一個挺不錯的顧家男人，恰如其分的扮好很多人生角色，以下篇幅都是以阿楓哥為主角，讓大家可以更深入認識他。

阿楓哥沒有當律師，實在可惜了（悄虎一歲，皮羊羊八歲）

阿楓哥前幾個月被警察開單，理由是紅燈違規右轉，這樣不但要被罰很多錢，還被記點數（註釋一）。

他不服，就準備到法院向法官申訴，開庭時間訂好是今天早上九點，他一大早六點就起來在那邊背申訴稿。

我看到他穿著一套比結婚時還要氣派的西裝，挺驚訝的說：你今天不是被告嗎？怎麼搞的跟辯護律師一樣。

尤其是聽到他的演講稿內容，更讓我崇拜了，他精細的描述當日的天氣狀況，以及溫度。

為了提升我的參與度，我還分享了一個想法：我覺得你應該向法官描述當時是陰天，因為光線不明，導致辨識度不佳，加上警察眼睛脫窗，因此誤判。

阿楓哥聽完，鼻子噴了一縷氣，就繼續嘴巴唸唸有詞背著稿子。八點左右，他就出發了。

結果他一去好久，我開始有一點擔心，就問在那玩積木的皮羊羊：你覺得你爸會不會被關起來了。

皮羊羊說：怎麼可能，他只是交通違規而已。

我說：因為你爸準備一大堆要講給法官聽，法官一定會覺得很煩吧！

皮羊羊想了一秒，說：媽媽，妳趕快準備五百塊錢，我們要去把他救出來。

我得承認我內心瞬間閃過一個想法：五百塊可以住旅館四天了，我捨不得花這麼多錢。

後來阿楓哥還是回來了，口沫橫飛的向我們描述這趟法庭歷險（細節恕不贅述），重點是，他成功拿掉點數，只要付錢了事就好。

註釋一：在美國開車違規拿到罰單的後果：一是被罰款；二是被記點。每個人一開始的駕駛紀錄都是無瑕零缺點，而根據違規事項大小，法院會在你的駕駛紀錄上記點。記點會影響到的就是保費上漲，如果被罰太多點，便會被吊銷駕照，甚至進一

步影響簽證居留、移民申請等。

被記點的違規事項：交通違規、危險駕駛、無照駕駛、肇事逃逸、酒駕等。

一般違規大概罰兩點，嚴重情事像是酒駕、無照駕駛會被罰更多點數。

兩點是平均值，四點則保險費會增加，被扣九到十二點則會被吊銷駕照。

真的有怦然心動嗎？（悄虎六歲，皮羊羊十三歲）

有一天，剛好是我和阿楓哥的認識週年紀念日，我們聊到當時那初相識的怦然心動。

多年前的這一天，我因為一把破雨傘與他結下了這份良緣，也是我第一次認識他。

對他而言，在更早之前，就開始覬覦我了，這些當然都是在交往幾年後才說開的。

我好奇問，你第一次對著我動心時，當時的我到底是什麼樣子。

（我心裡想：答案應該是青春甜美氣質清新又嬌俏可人吧。）

第七回

阿楓哥是怎麼樣的一個人呢？

他想一下，說：我記得妳那時候好像穿著一件格子褲，屁股扁扁的，往運動場走去。

我驚訝：什麼，我屁股扁扁的，你們男生是喜歡屁股比較渾圓的嗎，那你怎麼還看上我？

悄虎在旁邊驚呼：什麼，為什麼男生喜歡屁股有「粉圓」，為什麼？

我和阿楓哥都懶得理他。

阿楓哥又想了幾秒說：是沒錯，女生屁股圓一點比較好看，不過，我一看到妳往運動場去，就覺得至少妳有在運動，還可以啦。

真是有夠抱歉吼，讓阿楓哥您受累了，還得降低擇偶標準。你怎麼不去照照鏡子，看看自己是有多麼黑，我都以為你是菲律賓來的交換學生，還得努力幻想自己即將展開異國戀呢。

奇怪耶，說好的浪漫情懷，怦然心動到底在哪裡？

阿楓哥糗事集（悄虎七歲，皮羊羊十四歲）

我先說，出糗沒什麼大不了，每隻動物都會遇到，只是有的會發生比較多次，我要來講講阿楓哥的糗事集：

■糗事一

有一天，阿楓哥跟我爭辯有關「中文學校新年晚會的票價問題」，我說A價格，他就一直說B價格，我們互相攻擊對方的記憶有問題，後來我去問主辦人員，主辦人員給我的答案就是「A價格」。

阿楓哥一聽到正確答案，居然敢死不認錯，在那嘴賤：老貓，妳這個女人還真不錯啊，總是能引導我進入錯誤混亂的思維。

說完，還沒等我踹他，他就跑去櫃子拿出一顆藥丸，配著咖啡一口吞下去。

我驚奇問：你在吃什麼？

他在我眼前揮一下藥瓶，說：銀杏，我得趕快補腦一下。

我定睛一看，這哪是什麼銀杏，根本就是「顧眼睛」的維他命。

阿楓哥，不要再亂搞了啦！（親愛的讀者，千千萬萬不要學這個人）

■糗事二

阿楓哥最近瘋狂迷上一個伊朗人，聽說是個白手起家，做過各種行業的百萬富翁，名字是布朗。

我們只要一有機會談話，他就會布朗長、布朗短的讚嘆布朗講的話，今天得到布朗指示，大前天得到布朗靈感，總之這個布朗真的很會講，也把阿楓哥迷得神魂顛倒。

我一向對任何學說、觀點，理念都抱持著開放的態度，只要不煩到我，干擾到我的生活，其實都可以包容。不過我忘了一件事，阿楓哥最愛拿我跟皮羊羊當理論實驗品，那一天皮羊羊不在家，就只剩下我會變成他的受害者。

吃早餐的時候，他完全沒有個開場白，很突兀的說：我從布朗那裡學到，時間一定要用的精準，成功的人就是很會利用時間。

我不自覺的哼一聲，同樣的話我說出來，阿楓哥只會當放屁，布朗說的就如獲至寶般。

他非常不滿我的輕浮態度，又教育了我一些話。

到了中午，阿楓哥看我懶散不想下廚的樣子，就決定出去吃，我一聽可以出去吃，當然馬上放下一切身段，趕快著裝。

我正準備穿襪子的時候，阿楓哥突然滑到我旁邊（跑三步，然後滑過來），在我耳邊青脆的彈三次手指，嘴巴同時發出數個連音：恰恰恰！時間時間時間！快快快！恰恰恰！

再度快速彈三次手指後，滑走了。留下錯愕的我，腦中狂吼：這男人是瘋了嗎？

我瞅著他穿好鞋子，開門關門，一走三跳的鑽入車子（這下可沒辦法用滑的吧！）。

我不想再聽他賣弄時間這一套，趕快也跟著進入車裡。

結果，在開動前，他居然又對我彈手指，然後「恰恰恰」又來了，還大吼說：時間就是金錢，金錢就是力量。

我也吼：你是演上癮了喔！

他以甚為悲憫的語調說：老貓，妳就是太不會利用時間了，一分一秒都在妳的散漫中浪費掉，布朗說，我們做什麼事都要計劃好，然後就精準去執行，這樣才不會浪費時間。

喔……老天爺啊，我的食指用力抵住我的眉心，聽說這樣可以鎮定。

我說：好好好，布朗說得對，我們要去吃什麼？

他回：我都計畫好了，我有XXX餐廳折價券，打八五折。

我問：你有記得帶折價券吧！

我突然感覺車子一頓，他的手開始往自己身上東摸西摸的，好一陣子後，終於在外

套內裡，摸到一張紙。

阿楓哥拍拍胸口，說：一切都在我掌握之中，恰恰恰——（最後一個恰字還給我拉長音）。

我得說阿楓哥有惹毛我的天分，他知道我最受不了一直重複的句子，不過既然他要請客，這點忍耐力我還是有的，只是我的眉心快要被我戳破了。

我們到了那家餐廳，點了四道菜，對我們來講，這算是很澎派，因為阿楓哥覺得有使用優惠券，就是有賺到（唉——真是有夠天真的小孩）。

我們吃著吃著近尾聲的時候，服務員拿帳單來了，阿楓哥拿出擺在他胸口，微溫的折價券，還摺的很整齊勒，他利索的攤開卷子。

服務員微微前傾，盯了三秒，接著客氣的說：先生，很抱歉，這個折價券不是我們店的。

我本來吃得有點過飽，已經呈現懨懨狀，一聽到這樣的回應，整個回過神來，趕快了解情況。

原來這裡是XXX餐廳，而那張折價券是XXY餐廳，就差了一個字。

第七回

阿楓哥是怎麼樣的一個人呢？

等到服務員走後，我看到對面的阿楓哥已經呈現備戰狀態，準備接受我的攻擊，可惜我已經笑到喉嚨抽慉，一時講不出話，只能在最後努力擠出一句：我看，布朗先生把你教得很好嘛，恰——恰——恰——

■糗事三

阿楓哥是個謎樣的男人，看起來正常，其實有點怪怪，但是說到怪，又拼不贏那些真正有問題的人，我初步診斷，只有一個病因，那就是，為了要氣我。

他之前不是很愛彈手指，恰恰恰嗎？幾天後，就換了，而且是非常自然而然，在我沒發覺，瞬間發展出新模式。

現在是這樣，呼完一個口號，就會用左手掌刷右手臂，然後喊出ＢＯＯＭ一聲。這能夠不使我抓狂嗎？尤其我已經說過，我無法忍耐重複的口號與動作，他現在一有機會就ＢＯＯＭＢＯＯＭＢＯＯＭ。

還跟我說了一個絕對是值得探討的大謎團：他覺得自從他搞這些名堂之後，一天就

算只睡四、五個小時，也都還有精力應付工作。

本來他要搞怪什麼的，不要惹到我，其實也沒事。但是我還有一個小毛病，就是我無法忍耐某些「耍帥」的動作，譬如每一次看到李小龍在那邊用手指摩擦鼻子，然後發出怪聲，我雞皮疙瘩就會起來。

有一部電影《淚眼煞星》，許冠傑演的，我是很喜歡許冠傑，可是裡面有一個橋段：他用腳接住刀子，這時配樂響起，接著就會唱出一句「我就是自由人」，這樣的畫面是很帥沒錯，可是如果一遍一遍又一遍，就會讓我寒毛豎起。

阿楓哥得知我這弱點，他就一直演一直演，也因為他一直在那邊做這些無聊的動作，家裡兩個小孩就有樣學樣，腳亂揮的同時，又在那邊學李小龍摳鼻子，發怪音，簡直就是一整個野獸派家庭。

他敢這樣一直激怒我，是知道我為人厚道，完全沒有還手的能力。其實我之前是很想要用大拇指與食指夾住一撮他的大腿肉，然後用力扭轉一百八十度，但他的大腿真的太結實了，找不到著力點，雖然最近他肚皮有鬆一點，應該可以捏那裡，不過，想歸

想，每次都讓他猴（大猩猩）似的逃開。

節儉過頭了吧！（俏虎七歲，皮羊羊十四歲）

阿楓哥是一個非常節儉的人，他所有的東西都會用個幾十年，壞了修，修了補，補到不能再用，就做成別的東西繼續使用。我們家的家具只有進，沒有出的。

目前房子裡把分之五十家俱都是二手的，要嘛路邊撿，要嘛就是別人家淘汰的，不然就是車庫拍賣買來的，百分之三十是十年前來美國的時候買的，百分之二十是我主張要買的新家俱（大多是書櫃）。我算一算，最高齡的那一組餐桌椅應該有六十歲了吧！

節省的人就很愛「廢物利用」這一套，雖然很有環保概念，但有時候也很煩。

譬如，阿楓哥熱愛把廁所的紙捲筒收集起來，將裡頭塞滿使用過的餐巾紙，外面再用膠帶包的結實，成了好幾根粗壯打業障專用的棍子，本來他想送一支給我筋骨酸痛的朋友，被我很明智的大力阻止。

第七回

阿楓哥是怎麼樣的一個人呢？

廚房改建專案（悄虎七歲，皮羊羊十四歲）

要瞭解阿楓哥多麼優秀，單看日常生活或工作表現還不太準，真正要看，還是得從這一件「從無到有」的大工程來看。

老貓對廚房的要求很一般，只希望這個空間是乾淨明朗，收納有效率加上好的抽油煙機。

我們原先的廚房應該是三十多年前建成的，廚櫃雖是手工實木打造很勇健，可惜不符合三十幾年後的我對廚房的要求，櫥櫃有很多死角，搬來這屋子六年了，我有三分之一的櫃子區域都沒使用到，前不久還在裡頭發現前屋主留下的一只碟子。

所以在三年前，我們開始想要改建廚房，當時大概請了四、五家廠商來估算，這樣一間不到六坪大的廚房，只算櫥櫃的部分，居然最少就要美金三萬塊，最高就不用講了，一切都只好再等等。

三年後，也就是今年六月分，我們決定自己動手來改造廚房了，讓我們發狠的關鍵點，就是皮羊羊先生。

今年他要上高中了，他一直遊說我們讓他去上一間競爭力很強的公立高中，但是那離我們家太遠了，開車來回要一個多小時，更別談下雪天了。所以在皮羊羊通過那學校入學考試後，我們決定搬家，直接住到那所高中附近。

在找房子過程，發現一件事，凡是廚房長相好一點的房子不僅吸引人多看幾眼，房子價錢也跟著提高好多。

最後還是找不到合適的房子，我們只好勸皮羊羊自己長進一點，讀一般學校就好，我們不玩孟母三遷了。

皮羊羊也體貼的跟我們保證，他會靠自己好好用功的。

決定不搬家的那一刻，阿楓哥還挺害羞的問我：是不是有鬆了一口氣的感覺。

豈止鬆了一口氣而已，簡直如獲特赦啊！

不過人類這種生物，還真的不能太放鬆，一輕鬆起來，就會開始瞎折騰。

起先阿楓哥在那說：我們家好像沒什麼競爭力耶。我也覺得我們家沒什麼看頭，又考慮到皮羊羊，他今年升高中，我想像中的高中生就是很忙，甚至沒時間看父母一眼，

第七回

阿楓哥是怎麼樣的一個人呢？

所以我想要在他進入高中之前這一個暑假，好好的奴役他，順便也看看他的本事到什麼程度。

我們決定自己來一場廚房大改造。

講到這裡，是不是嫌我囉哩囉唆，其實一切都是為了省錢啦！我們自己材料用具（註釋二）買一買，算起來就是接近美金一萬元，這跟請人幫忙需要美金三萬起跳，是怎麼樣都划算透頂的，只是接下來的日子不會太愜意就是了。

整個工程從一開始規劃採買，到最後一塊磚貼好啟用，歷時四個月，工程範圍就是一整間廚房的所有一切，上至天花板，下至地板，包括牆內水管瓦斯線路管線，全部拆除更新。

我在臉書上紀錄所有過程，經過整理，以下就是我們的廚房工程簡單記錄：

- 6/17/2017

最近這一兩天，我的心情又開始糾結了，本來懷著雄心壯志，初生之犢不畏虎的心情，準備來挑戰「整修廚房」這個專案。工頭跟工人都找好了，工頭是阿楓哥，工人是

皮羊羊，我是監工、煮飯兼打雜的，悄虎隨時出現打個小零工。

我認為我們是黃金組合，蓄勢待發，準備好好幹出一番大事業，結果……敗就敗在，我不應該做任何計畫，老貓的生命中，什麼事只要計劃下去，就一定會發生變化，而且是往負面的方向。

我居然在要訂購櫥櫃的前一天，坐在書桌前，開始規劃整個工程，還仔細分出前期，中期，後期作業什麼的，每一期的工作項目列出來，華麗麗的寫滿了各項處置辦法等相關細節。等到我寫完這些，心中突然有種不妙的感覺，我的直覺告訴我，我們的團隊可能無法應付這些挑戰。

果不其然，工頭阿楓哥回來，倒在床上，不知道在累什麼，我就問他，要不要聽一聽我的專案規劃，他語氣很輕挑，說：講啊！

我一聽心裡不太爽，但是，為了顧全大局，我還是用最輕快的語調，講了整個流程及想法，講完我都快被自己感動了。可惜阿楓哥沒有體會到我的專業，跟我做了幾番的口舌爭辯之後，他居然輕飄飄的講了一段我可能會記一輩子的話。

他說：老貓，我覺得如果這一個工程要順利完工的話，只有一個辦法。

（停頓幾秒）

我傻傻問：什麼辦法？

他說：我看我得花美金五千塊，買兩張機票，把你跟悄虎送回去台灣，只有這樣我跟皮羊羊才能好好做事。

很好……非常好，太給他完美了！

阿楓哥，你不用坐在一個優美雅緻、設備齊全，養眼怡神的廚房裡了，接下來的日子，你就給我蹲在牆角好好的反省反省自己的嘴巴，想想你是怎麼的傷了一個有為少婦的心。

You are fired.（老貓川普上身了）

- 6/30/2017

今天開始拆房子了，先拆一面牆，移走冰箱櫥櫃等，現在才知道，拆東西也是一種

藝術，耗費了六個小時，遇到管路的問題，實在頭大，等明天再「見招拆招」好了。

• 7/1/2017

今天的進度就是，拆了一個島，還有三個櫃子。

至於天花板的箱子，還在煩惱要不要拆，因為裡面藏著電線還有通風管路，如果拆除，重新走線，花費很多功夫跟金錢，所以採取折衷辦法，今天重新去IKEA訂購櫃子新的尺寸，從九十吋降到八十吋。

• 7/1/2017

我們的房子是一九七〇年建，一九八三年的時候可能廚房有整修過，拆開這些櫥櫃居然發現一九七一年的櫥櫃門板，還發現很多以前人留下的學校記錄，以及照片，資料時間大概是一九八三年。

• 7/2/2017

今天進度嚴重落後，只拆了幾塊板子，抽油煙機，火爐下的櫃子，還有刮掉磁磚。

第七回

阿楓哥是怎麼樣的一個人呢？

夥伴們，辛苦了，趕快振奮起來，也許是時候，抓隻烤雞來慰勞你們。

• 7/4/2017

要切除天花板這個箱子也是挺費勁的，阿楓哥和皮羊羊好像手術團隊的醫生，一人切割骨頭，另一人在旁邊抽吸大量的出血（粉塵）。

• 7/4/2017

皮羊羊是一個非常好的助手，不僅力氣大，而且遇到難題，願意想辦法解決，不是在那擺爛。

譬如，其中一個櫃子一開始裝錯了，可能是他們被說明書誤導，所以門板與抽屜是錯誤組合，當然滑軌等其它裝置也都跟著錯。阿楓哥氣到捶胸頓足在那吼叫，剛好這時外頭有朋友來找，所以我就拉阿楓哥出去聊天。

聊一聊回來居然發現，櫃子朝正確的模式發展了。

原來皮羊羊自己上YouTube去找答案，也因此發現正確的組合方式。

這是今天非常值得高興的事。

• 7/7/2017

今天完成的事：

一、有磁磚的那面牆，磁磚已去掉，牆面補好，也油漆好了。

二、天花板那個箱子拆掉後，整理乾淨，準備加塊板子就好了。（父子倆在天花板切割的箱子）

三、地上的通風口，已經拆掉，準備封起來，移往別處。

四、之前冰箱那一邊的牆面，該拆除的拆除，該補的補好，牆面油漆好，櫃子也做好定位，固定在牆壁。

這個工程難在，你必須要確定牆裡面的木頭位置，把一長條鐵片橫釘在牆面上，鐵片上有很多洞，這樣子，利用釘子把櫃子還有牆壁裡的木頭固定在一起，如此一來，櫃子才會牢靠貼著牆面。

一開始阿楓哥不知道訣竅，如何把定位的鐵，固定在正確的位置，經過一番折騰，拆了又裝，裝了再拆，終於理出頭緒，目前櫃子已經就定位。

第七回

阿楓哥是怎麼樣的一個人呢？

• 7/14/2017

因為爐子已經拆除，我必須先把東西煮好，裝成一盒一盒的冰在冷凍庫，之後再慢慢吃。本來想說應該可以撐一個禮拜，但是昨天一煮好，我們就解決掉兩盒。

我一向熱愛讚美別人，當然更不會吝嗇讚美自己，我真的太愛老貓這個女人了，怎麼有辦法把一堆無聊東西，煮得這麼好吃。

皮羊羊居然一口氣吃了三碗飯，我必須把飯匙搶走。

阿楓哥還說：為什麼廚房這麼亂，我們還可以吃到美味的餐點呢。

• 7/15/2017

廚房工程停頓了一個禮拜，剛要再開工，整個心情像落水狗般的嗷嗚嗷嗚……的。

工程要開始之前，我們有請教一個叫「李師傅」的人，本來想請他幫忙做一些管線配置、敲牆補牆、抽油煙機挖洞，還有燈光設置等工作。這位師傅搞得我們哭笑不得，我們本來以為把那個李師傅請來，我們的工程進行就有著落了，想不到阻礙還是挺多。

其中一項，我們原來設定要安裝抽煙機的地方，天花板一打開，竟發現密密麻麻布滿管線，根本不可能鑽洞，不只安裝位置要改，我們的櫥櫃規劃通通得改，一改就注定

變成一場笑話。

昨天晚上本來要開紅酒慶祝，變成借酒澆愁，多喝了一杯，搞得心頭不寧。（我真的不懂，為何有人會喜歡喝酒？）

• 7/16/2017

我們必須改進的地方：

一、污水管必須從地下室面接上來，藏進牆裡面，不要再外露。

二、櫃子上面的箱子，我們請李師傅幫我們拆掉做漂亮一點，他懶得做，就一直批評兩個不對稱，影響了櫃子整體美觀。（我是認同他的觀點，但是原因出在哪裡？答案就是我們都很懶得做啊，才要請他來。）

三、李老先生一直堅持櫃子要抬高。（不想做，之後有空再說好了）

四、因為牆裡管線太多，所以抽油煙機必須要改位子，可能沒辦法置中，可是這已經是傷害最小的解決方案了。

五、瓦斯管必須要改位子，慎重一點還要去市政府報告這件事，請他們來查這樣是否合格。

• 7/16/2017

全部拆光光了。

一、煮飯、煮水，吃東西，都在客廳餐桌。

二、洗碗則在洗衣間。

三、洗碗機要停工幾個禮拜了。

• 7/20/2017

一、阿楓哥自己安裝焊接好冷熱水管，從地下室拉上去。

二、請了另一位師傅來幫忙改裝排水管，藏進牆裡。

• 8/8/2017

已經有段時間沒寫進度報告了，那是因為中間遇到很多困難，把細節寫的太詳細，顯得囉嗦；但是輕描淡寫帶過，那還不如不要寫，所以我只報告我們目前已經完成的進度。

一、櫃子五成安裝完成。（另一側五成要抬高，上頭箱子要挖掉。）

二、水管全部接好了，目前使用起來，全部搞定。

三、瓦斯管也接好了，不過要等市政府專員來測試，安全才算底定。

四、抽油煙機的洞挖好了，目前用布擋著。

五、天花板的補牆工作大致完成，但是不完美。

老貓發現「補牆」這個工作是一種藝術，非得要很有經驗，細心的人，才能夠補的完美，目前只能湊合著。

而且每補一層，我們整個空間，就會好像飄落七月雪一樣，全部的表面，包括人，都會塗上薄薄一層白色粉末。

因為阿楓哥要工作，出差，所以都只能在假日多少做一些，看來這個廚房工程會拖到十月初，才能全面啟用。

不過目前我已經可以在洗碗槽洗碗（臨時的）。我已經非常的感謝老天爺，不，應該是感謝我們家的楓老爺才對，我從來沒有這麼愛洗碗過。

我昨天就很虔誠的問阿楓哥：你除了無法懷孕生小孩，究竟還有什麼事情學不會。

第七回

阿楓哥是怎麼樣的一個人呢？

這個男人已經接近完美，我想不出來這世界上有什麼實質的禮物可以匹配他，所以我就送上我的一顆心，祝福阿楓哥「巴巴節快樂」。

- *8/26/2017*

廚房大致完成七成，剩下檯面、地板、牆壁磁磚、櫃子把手，洗碗槽五項沒有完工。

比較耗時間的就是檯面，我們是訂做石英石，大概要三到四個禮拜才會底定。

目前為止，對我來講意義最大的就是那一台抽油煙機。

因為我煮飯做菜很有大廚範兒的，不是小家子氣那種。（好不好吃是另外一回事）

之前安裝的抽油煙機，根本就是扮家家酒用的，每次煮完一餐，全身就會上完一層油，搞的我都綁手綁腳的。

現在這一台抽油煙機強到可以吸住大鍋蓋。

今天一裝好爐子，我就跟阿楓哥說：哦耶！今晚終於可以大展身手了。

阿楓哥可沒有這樣的喜悅之情，只會說：我看這個爐子乾淨沒幾個小時，又得髒掉

了。

聽到這沒腦的話，我心裡就開始思考，一個人承受飢餓的極限是幾天呢？我很樂意在阿楓哥身上看到實驗成果。

• 9/19/2017

廚房進度完成了嗎？

上次我預估說要到十月中，現在看來應該是真的了。

目前廚房工程就剩下「牆面磁磚」必須選定鋪好。

這個是最畫龍點睛的一部分，因為我們這個廚房整體色調太接近了，所以必須要有一個聚焦的部分，否則人們一走進來就會有一種不知所措的感覺，眼睛不知道放哪裡，這是我從一個藝術家朋友那裡聽來的建議。

• 10/25/2017

結語：整個廚房工程，我們拖到快十月底，才收起所有的工具，收拾好所有設備櫥

櫃，在十一月感恩節的時候，邀請一波又一波的朋友前來，讓我們有機會炫耀一番。手裡摸著廚房裡的每一件物品，眼睛掃過面前的每一吋空間，儘管有著不完美，卻是我們心血的完美結晶，擁有這樣的體驗，是人生難得的一次禮遇。

我很高興參與其中，為阿楓哥和皮羊羊這兩個才華洋溢父子檔，記下這一筆怦然心動的奇妙過程。

註釋二：廚房所有的廚櫃＋抽油煙機＋爐子＋微波爐＋零碎物（門把手等）＋工具＋地板＋磁磚＋管線遷移，目前應該是美金九千出頭。

只差一點點，就完美了（悄虎七歲，皮羊羊十四歲）

阿楓哥在我眼裡「幾乎」是個全才型的人物，舉凡讀書、工作、很多才藝、修理東西等，只要學一學，看一看，就能上得了檯面，唯獨「食物料理」這一項，我無法給予

肯定的評價。

他一年平均下廚個兩三回，每次都一副跩樣的進入，最後收場常常有些小尷尬，只要我一批評，他就擺架子說下回別想吃到他煮的了。

他常把「烹飪低能」的原因怪在我身上，覺得我都沒有給他鼓勵。

在我的觀念是認為，如果今天是一個小寶寶學走路，一個美國人學中文，一個旱鴨子學游泳，我都會給予最大的支持與鼓勵。但是阿楓哥對料理食物追求只是在「能吃」與「不能吃」，他對烹飪飲食並沒有多大的興趣，所以很多菜餚只是在「清冰箱」或「將就」情況下做出來，這樣的態度，我無法耐心對待，甚至花力氣評論，所以老貓承認，並沒有對阿楓哥的廚藝有太高期待，其實這樣反而大家都輕鬆，偶爾出現好吃的創意料理，也是一種驚喜。

皮羊羊的廚藝，從十歲左右就開始自我訓練，都是他自己看食譜或者網路，一開始煮出來的東西，真的很像顢頇學步的小寶寶般，令人膽顫心驚，我常常給予很多批評指教，為此阿楓哥又覺得我太過挑剔，不懂的包容鼓勵。

第七回

阿楓哥是怎麼樣的一個人呢？

我對皮羊羊的心態不一樣，他對吃有計較，也對廚藝有興趣有好奇，所以給予正確的啟蒙指導批評，是有必要性的。

皮羊羊一次又一次的被我打擊，但也一回一回更加進步，雖然整個學習過程沒有被捧在手心上溫柔呵護，但他那越挫越勇的志氣，也讓他的廚藝，逐日的更加好。

有一個星期六早上，皮羊羊做出讓我驚豔的台式蛋餅，基於我個性中的執著——好吃就要吃到給它吐。我就請求皮羊羊下個星期六也要做很多蛋餅給全家人吃，受到這樣的青睞，他當然也覺得很榮幸，就答應了。

可是……當天早上，當我帶著愉悅心情往餐桌一望，卻只看到三大盤類似咖啡色菜脯蛋的東西。

我壓下心頭失望，問：蛋餅呢？

只見阿楓哥拿著鏟子，笑咪咪迎來說：這是我幫你們特製的蛋餅。

皮羊羊則在旁邊作出一付「我救不了你們」的表情。

原來阿楓哥為了讓皮羊羊好好準備學校考試，就挑起煎蛋餅這份工作。

阿楓哥慈愛的招呼我們就座，還很周到解說了他的食譜：他把沒人要吃的過鹹洋芋片打碎，加在九顆蛋糊裡，美美煎出三輪明月。

既然是阿楓哥的愛心，我們當然要懷著感恩的心情來享用，我切下一輪明月的四分之一，都還沒送進嘴巴，就聽到他一直問：好不好吃？好不好吃？（有人很緊張齁）

等到大家都咀嚼完第一口之後，實在沒人想講話，氣氛有些尷尬，我只好說：我看這個夾麵包應該很好。

阿楓哥也覺得是個好主意，大家吃完一盤之後，還剩兩大盤，我們彼此都很客氣的推來推去，最後我想到一個好辦法，那就是拖延。

我說：這個蛋餅實在是很不錯吃，我覺得可以留到中午再吃，這樣我們就可以省下一餐的功夫了。

大家都鬆了一口氣，快速離開餐桌。

居然一晃眼就到了午餐時間，阿楓哥又開始找大家來吃他那個蛋蛋明月餐，結果有人說不餓，有人說吃麵包就好，有人提議將這兩盤蛋餅打成漿，混在其他的菜裡面。

面對這些無情無義的人，阿楓哥一氣之下，就把所有的蛋餅全部吞入肚子裡，進食

第七回

阿楓哥是怎麼樣的一個人呢？

期間還有人提到，要不要拍照留念一下，可是沒有人有勇氣去拿手機來拍。

皮羊羊就是那一個說要把蛋餅打成漿的人，他做了一次成功的蛋餅，被我推崇為「蛋餅大師」，就開始意氣風發，隔天一大早，居然自己走了十幾分鐘去買蛋。（家裡庫存全部被阿楓哥揮霍完）

接下來的日子，我們幾乎每天都在吃蛋餅，吃到第四天，雖然還不至於想吐，可是我認為應該是換菜色的時候了。

過了幾個月，聖誕節到了，阿楓哥下廚煮了聖誕大餐，這值得記錄的原因有二：

主要這是我們來到美國十年，他第一次當主廚，料理聖誕大餐，奇蹟的不難吃，我們吃到盤底朝天。

再來則是比較有趣，以下對話可以說明：

大家下箸時，皮羊羊吃了第一口，就眉頭凝結，指著菜盤，禮貌問：把拔，你這個是……

阿楓哥好敏感，馬上說：怎麼了？味道不對嗎？菜太軟嗎？肉太硬嗎？太鹹嗎？

那股子周到勁兒，好像在服侍國家總理。

皮羊羊還在那邊哼哼阿阿講不出什麼，阿楓哥又立刻調整方針，居然說：好，沒關係，這一盤我全部吃掉。

看到這一幕，我就覺得我們都對這個新廚太苛求，後來開始認真吃起來，其實不難吃啊。

菜色有：蜜汁火腿炒青菜、鮭魚漢堡炒菠菜、黑黑滑蛋無鹽金針菇，再加上素肉炒花椰菜，較真的說，吃起來幸福感不差台灣鼎泰豐。（看看，老貓是多麼能夠催眠自己啊！）

主要是我們之前真的沒有抱太大的期待，所以一旦入口超乎期待之後，就會無限上綱的加分，再加上我們對阿楓哥的敬愛，怎麼可能不吃個精光。

全家只有悄虎不知道在固執哪一點，只吃菠菜，大家吃完閃人後，我還看到一個傻爸爸，不停的鼓勵瘦皮猴兒子吃這吃那的，要不要澆點湯汁啊，得到的卻只有沉默。

我覺得心酸酸，只好趕快寫下這一篇來表達我對阿楓哥大展庖廚的欣慰與感動。

第七回

阿楓哥是怎麼樣的一個人呢？

冷氣王阿楓哥（悄虎九歲，皮羊羊十六歲）

阿楓哥以前在台灣工作時，是公司知名的冷氣王（喜歡講冷笑話的人），後來到美國，英語不熟練，就比較沒辦法發揮低溫效果，經過了這幾年的磨練，最近才有些恢復水準，不過因為語言文化差異，偶爾會放錯效果，把我凍到了。不過這絲毫沒有損及阿楓哥在我們心中冷氣王的地位。

今年，我們從六月底就全天候開著冷氣，本來覺得夏天是個愉快的季節，但從上禮拜二開始，漸漸的感覺心浮氣躁、火氣很大，多講一句話，就多冒一滴汗。

這才發現——冷氣機壞了，這讓我超想要趴在不再冰涼的地板上嚎哭一番。

阿楓哥上網查了一下，如果買一組新的空調冷氣機，需要美金七千多元，我腦子馬上想，政府還有要發補助金什麼的嗎？

皮羊羊也在旁邊大嚎叫：為什麼我們家在最冷的時候，暖氣壞了（幾年前某一天），現在這麼熱，冷氣又壞了。

我趁機教他，什麼叫做「屋漏偏逢連夜雨」、「雪上加霜」，「火上加油」等超讓

人心煩的中文。

阿楓哥越聽越氣，就把皮羊羊叫出去查看冷氣機的情況（美國的壓縮機都放在後院）。

等了很久，我探頭出去看一下進度如何。

整個畫面就是，皮羊羊坐在椅子上看手機，阿楓哥則一腳踏著壓縮機，一手拿著冰棒舔啊舔。

我就想，這父子倆真厲害，這樣也能夠檢查出機器有什麼毛病啊！

他們這樣在外頭一待，就待了好幾個小時，期間皮羊羊不停進出跟我報告偵查結果，發現最大的原因可能出在電容器，他們已經在網路上訂購了一顆電容，大概十七塊左右，不過要兩天後才會到達，我一聽就很欣喜，皮羊羊接著說，就算電容來了，也無法確定百分百修好，也許還有其他問題。

這我倒不想擔心，至少目前有個最大的盼頭了。

接下來兩天，我們繼續過著非洲土著的生活，穿著極少布料，手邊扇子不離手，電

風扇猛轉。

兩天後，來了一個討厭的消息，運送延遲了，可能延遲一到兩天，我們有點習慣非洲的生活，所以也沒大聲咒罵什麼。

令人欣慰的是，隔天早上起床，我到樓下的時候，感覺如沐春風，一片涼爽，這才驚喜我們家的冷氣王阿楓哥再度發揮了他那無與倫比的才華！

阿楓哥因為他的知識才華，不僅能在言語上讓我們涼快涼快，生活中也幫我們省了美金七千塊，這贏得了我們全家的崇敬與仰慕。

第八回 我們這一家子有趣的事

真有夠狀況外（悄虎六歲，皮羊羊十三歲）

近一兩年，老貓才慢慢接受自己不是一個處事很穩定的人，好好的說一是一，說到做到，關於這點真的很難，生活中，永遠都會有超乎我預期的事發生。

其實我也不追求完美，只希望當我對家人說晚餐是紅燒魚，屆時就有一條魚躺在餐桌上。

但是呢？十次有八次會不一樣。

前幾天，我說我們晚餐要來吃「煎鮭魚」配一些青菜，孩子們都很開心，皮羊羊還雞婆指導我要怎麼烹煮鮭魚，結果晚餐就變成「紅燒排骨」。

為什麼有這麼大的誤差呢？

因為我以為我是在幫鮭魚片退冰，其實鋁箔紙裡面裝的是排骨塊。其實這還算情有可原，因為我看不到裡面是什麼，可是有一次就誇張了。

那一天，我中午跟大家宣布晚餐要來一鴨三吃，結果等到我把那隻「鴨」放到水裡煮的時候，才驚覺，這玩意兒怎麼看，都很像一隻「雞」耶！

後來我跟兒子們開始啃那隻雞，大概花費十分鐘就啃到只剩一根小雞腿，準備留給阿楓哥。

等到阿楓哥來吃的時候，可能肉放久了，變得有點硬，他邊啃邊說：妳這個「鵝」肉怎麼啃起來怪怪的。

唉！狀況外的人真的很多。

千萬不要「話太多」（悄虎六歲，皮羊羊十三歲）

皮羊羊、悄虎就讀的中文學校舉辦新年晚會，他們兩人都要上台表演，其中皮羊羊

準備表演「繞口令」。

他大約花了兩天時間練習，尤其會在走路上學的時候，一路上不停的練，到學校也對著同學不停的講，唸到同學叫他閉嘴。

對於皮羊羊肯付出心力來練習中文，我很是高興，就讚美他：皮羊羊，你的舌頭真的是很有用，又會吃又會說，有時還會唱唱歌、吹吹牛。

阿楓哥也很高興，就說：兒子們，把你們的舌頭伸出來。

兩個男孩聽話的，啊……伸出粉紅舌頭。

阿楓哥看了挺滿意的說：可以，像這樣尖尖的舌頭就對了，有這種舌頭講話比較溜。

悄虎就說：把拔，你也把舌頭伸出來讓我們看一下。

阿楓哥也聽話的伸出他那片舌頭，兩個小孩左看右看，好一會兒都沒聲音。

我很好奇問：你們究竟覺得怎麼樣？

皮羊羊似乎不敢置信，又怕得罪老爸，語氣委婉說：把拔，為什麼你嘴巴裡面會有一塊漢堡肉？

他一講完，就在迅雷不及掩耳之間，我看到皮羊羊的身子，被阿楓哥強力硬壓在地上，只剩下那張嘴可以不停喊救命，我和悄虎是笑到沒力氣去救他了，這就是「話太多」的下場。

有人荷包大失血囉（悄虎六歲，皮羊羊十三歲）

有一天，我們全家四個人一起去看牙醫，那是每年一次的例行檢查。去的途中，我們一直在猜測誰將會荷包大失血，因為我有訂一條規矩：誰有蛀牙，誰就得自己付錢解決問題。

皮羊羊從昨天開始，就一直不停的刷牙，到今天出發前還在刷，也不停的幫自己找後路，說自己天生牙齦就是比較窄，所以牙齒問題自然比較多，如果蛀牙，應該不是他的錯。（我佩服他，我真編不出這麼沒邏輯的藉口）

皮羊羊還埋怨阿楓哥為什麼不是個牙醫，這樣他就不用麻煩，得跟學校請假花錢看醫生。（我怎麼會生出這麼「有出息」的兒子啊）

照我預測，應該是阿楓哥會賠最多錢，因為他的牙齒問題很多，幾乎什麼都遇過了，而且又因為工作忙，有兩年沒有洗牙了（我是說他沒洗牙，不是沒刷牙，要說清楚，不然阿楓哥會火大）。

我也有點擔心自己，前陣子吃太多梅子了，現在只要迎著風唱歌、傻笑，右邊上排的牙齒就會酸到不行。

表面上我嚇唬阿楓哥，叫他準備好（買一部新車的錢）來整治牙齒，其實內心的我正在顫抖，因為讓我心疼的事情之一，就是把錢耗在牙齒上。

我們三個人都各自不安滴咕著，只有悄虎很像歐巴桑買菜般精明，一一詢問菜價，一顆蛀牙多少錢啊，戴牙套多少錢啊，問好了，就去嘲笑他的哥哥，說皮羊羊可能得去銀行帳戶領錢了，搞得皮羊羊緊張又生氣。

到了牙醫那裡，一開始由阿楓哥，接著我、皮羊羊，最後悄虎。我們希望阿楓哥打頭陣，是覺得他問題應該最多，這樣輪到我們的時候，感覺壓力就比較小了。

他看完走出來，我們趕快上前問結果如何，他一副自在欣慰的說：完全沒問題。
三秒後，醫生追過來說：你下排左方有一個蛀牙，改天找時間來補一補。
這當然不是什麼好事情，可是我們不知道為什麼，就噴笑了出來。

接下來換我，醫生習慣性的問：牙齒有什麼問題嗎？
我很快說：沒問題。
醫生說：很好，我來檢查一下。
我說：等一等，醫生，其實我是有一點小小的狀況，不過，應該也不算什麼啦。
醫生問：哦！是什麼狀況？
我說：我想大家應該都會有這種情況。
醫生有一點點忍耐的樣子，說：妳說說看是什麼情況。
我說：醫生，你認為笑的時候，風跑進去嘴巴，牙齒就會痛，會是個問題嗎？
醫生：那應該沒什麼，只是比較敏感而已，我來檢查一下。
我：那太好了，那個剛才照的X光有什麼問題嗎？
已經瀕臨某種邊緣的醫生說：那要七分鐘後才會知道結果，現在我先來檢查一下。

我還想說，現在應該已經七分鐘了，可是他已經快速把椅子整個調到躺平了。

檢查完，他很驚訝的對我說：真的很少見到像妳牙齒保持這麼好的華人，因為很多華人吃米穀物等飲食習慣，都會把牙齒給磨平了。

我實在很懷疑這一套說法，尤其他是道地的美國人，不過我也很高興我的牙齒保持得挺好。

接下來皮羊羊，被發現一顆蛀牙，不過這樣的結果已經比預期好太多，所以他也只好欣然接受。

最後是悄虎，我看到他快樂的跟著醫生進去診療室，出來之後，居然是一副要哭要哭的臉，因為他得知他有兩顆蛀牙。回來的路上，我們熱烈的討論診療過程，只有悄虎一聲不吭，默默忍受皮羊羊時不時的冷嘲熱諷。

那晚有兩個平常不刷牙的，通通自動跑去刷牙，果然用錢買教訓，還是最有效的。

感恩有個家來愛（悄虎七歲，皮羊羊十四歲）

我現在的人生境界真的很高了。

想想看兩年前，我還會因為在臉書上，看到人家去哪裡玩，或吃了什麼好料，心裡總會高低起伏嘀咕一些沒意義的話。

但今年感恩節假期，我看到臉書上一家家感恩節豐盛大餐，或者一戶戶悠遊自在的在各個景點玩耍，我已完全心如止水。

皮羊羊前幾天很天真的問我：馬麻，我們感恩節假期要怎麼慶祝啊？

我就跟他說：皮羊羊親愛的，別擔心會無聊，我已經幫你安排好一連串對身心有益的活動。

果然，整個假期，從星期三下午開始到星期五這一刻，我們全家就是不停的勞動、勞動加勞動。阿楓哥和皮羊羊這兩天，只有吃飯、睡覺時停下來休息一下，其他時間就是油漆、施工，搬運。

我做的也不少，我還得一邊煮飯顧爐火，一邊吸地板（叫我台灣阿信）。只有藝術家悄虎，趁大家在忙的時候，他在樓上瘋狂做畫，等我們大家都在熊熊爐火旁休息的時候，他正經八百問：我可不可以把我的作品拿下來修。（同台語：燒）。有好幾秒，我們大家都頗為驚訝。

拉回來感恩主題……

這兩三天是真的很累，不過呢！也是有這個家，才可以讓大家凝聚在一起，付出自己的心力，在這些日子裡，管他什麼雜七雜八的事，能夠有個家來共同愛惜與維護，才是最讓我們感恩的。

與寶貝兒子的快樂旅行（悄虎七歲，皮羊羊十四歲）

我一直都非常享受和我兩個寶貝兒子，一起學習、探索、旅行，聊天等，他們是我最好的人生伴侶，我明白就這麼短短幾年，卻是能夠讓我回味一輩子的美好時光。

■場景一

這一天，我們來到一座位於加拿大多倫多市中心的花園，我實在不是一個感性的人，不太容易讓幾朵美麗花兒，就衍生出幾縷浪漫文藝情懷，真的沒有。

這座花園外表還可以，可是進到裡頭，就讓我沒辦法呼吸，感覺像是進入了亞馬遜叢林，那一堆堆一叢叢的植物葉片，好像是一條條貪婪可怕的綠色舌頭們，爭相要把我捲進去，那味道更是嗆鼻濃烈到比身處霧霾世界更讓我噁心，左拐右繞好幾圈後，還好在後院發現了一座小水池，裡頭有幾隻烏龜可以來調解一下我的視野。

好不容易繞完整個園子，算是走完一個景點，交差了事。

我問皮羊羊、悄虎他們對這座花園的觀感如何？

悄虎說：還好。（意思是絕對不會想再去一次）。

皮羊羊說：咩——咩（愛作怪的人就是這樣，只會發出羊叫聲）。

■場景二

我們去逛多倫多市中心很有名的美術館，那裡規定二十五歲以下的人類，才能免費入場。

既然這樣，我這個有些年資的媽媽就等在外頭好了，我讓皮羊羊帶悄虎進去，叫他們要拍一些藝術品給我看，讓我也可以受到藝術的薰陶。

一個多小時後，兩兄弟終於回來了，興沖沖秀給我看他們的參觀成果。

我看到的那些照片集裡，九成五都是悄虎擺出不同的姿勢，站在樓梯不同的角落。

皮羊羊解釋，他發現樓梯的設計很有趣，他就把大部分的心力放在樓梯拍攝上，儘管我渴望看到一些藝術名畫，但我可以理解他想要分享的熱情。

可是，接下來有兩張作品，我就真的不瞭解是什麼狀況了，一張是紅底加兩條粗體線十字架，另一張是白底加上一顆粉圓粉圓的黑球。這是場地還沒維修好，所以臨時找個東西放上去嗎？這有什麼必要擺在知名美術館裡面。

可能我在那困惑不解的一直嘮叨，皮羊羊叫我要用藝術眼光來看。

我在想，如果那圈圈叉叉可以說是藝術，那我這個人就是藝術中的極品了，我全身上下都是藝術。

悄虎說的更玄，他說：紅色那一張圖，裡面的兩條黑線代表著人生兩條路，也可以當作只有一條路。大黑點那一張，可以當作是發黴橘子或者是忘記塗成紅色的日本國旗。我們欣賞藝術時一定要發揮想像力，馬麻，我相信妳應該是有想像力的吧！

聽完這些，我確定藝術有時候真的騙肖耶！

■場景三

我們帶兩個兒子去巴爾的摩，參加中文各項才藝競賽，比賽完之後，就決定去當地逛一逛。

當天太陽很大，在外頭走著走著，不一會兒就熱到頭暈眼花了，要趕快找個建築物躲進去。

阿楓哥對旅遊消費有一個信念，昂貴不如便宜、便宜不如折扣，折扣不如免費，所

以他提議大家都去CP值極高的科博館，可以免費玩樂、學習、吹冷氣，對我們來說，真的是賺到了。

但是，我們家有一個搞藝術的悄虎，他的心靈層次是我們這些凡夫俗子很難理解的，悄虎堅持要去美術館。

本來小孩這麼有藝術追求是很好，只是與科博館一比，美術館要門票，一人美金十元，而且得多走上幾十分鐘的路。

阿楓哥很是抱怨我跟悄虎提起美術館這個選項，因為他覺得去美術館浪費時間與金錢，非常不符合經濟效益。

我是同意他的想法，也希望悄虎可以合作一點，但是這個小孩跟我說，只要我讓他去，他就幫我背背包，走再久的路，曬太陽，他也不在乎。

面對這樣的孩子，我感覺這是老天爺賜與我的一個至寶，我怎麼可能讓這份珍貴的特質白白浪費。於是我和悄虎母子倆就走去那美術館，逛了一圈後，我是感覺還好而已（奇怪，我怎麼對每家美術館都感覺還好而已），但是悄虎卻有一種被理解的滿足，我想這就值了，CP不CP，根本不重要。

後來回到旅館休息，皮羊羊問我對那美術館有什麼感想。

我就跟他講我的心路歷程，最後我說：我們應該要支持悄虎對畫畫美術的熱情，可是你爸爸覺得……

皮羊羊懶得聽我說完，就打岔說：馬麻，其實也不是真的一定要支持他畫畫啦，妳知道畫畫這件事就是，畫到最後，有些作品變得亂七八糟，那些畫家還自以為是藝術，踐的不得了。

這時候，一直默默在旁邊畫圖的悄虎就轉頭，對著哥哥說：我覺得你聽的音樂才是最亂七八糟，你還不是很愛聽。

■場景四

我問皮羊羊、悄虎，你們喜歡跟父母一起旅行嗎？

他們一致表示「喜歡啊」。

不過，皮羊羊表示，日後家庭旅遊，應該交由他來主導。我在心裡嗤笑一聲，如果他願意規劃，我們當然是樂的輕鬆，可是我們一定要培養「忍受錯誤的勇氣」。

皮羊羊前幾天很自豪的對我們說，他最大的缺點，就是優點太多；最大的優點，就是缺點非常少。

沒錯，皮羊羊是大家公認的好人，但是他有一個非常大的缺點……或優點（我真的搞不太懂），他很敢犯錯，就是那種很雞婆介入，大部分成功，可是有時候會壞事，把大家拖到累累叫……

有一次去加州聖地牙哥旅行，因為老公要工作，所以我們母子三人就決定單獨外出探險遊歷一番。

我們在網上研究一番，就訂購了A動物園的門票，臨出門前，皮羊羊叫我不用傷腦筋，他會把我們安全帶到動物園。果然……在他絞盡腦汁，我們費了千辛萬苦，等車↓轉車↓走路↓等車↓再轉車，終於成功抵達B動物園了。

我們在B動物園，對著工作人員不停的詢問，為什麼這裡不是A動物園，最後終於弄懂原因（細節冗長，恕不贅述）。

本來想馬上趕去A動物園，可是一查手機，才發現頭大了。

這兩個動物園，如果自己開車，大概只需花四十幾分鐘，但我們三個人必須依靠交通工具（我們已經買了one day pass卡），Google上面顯示搭乘公共交通工具，需要花八個多小時（等車+轉車）。

因為這樣，皮羊羊只好對著B動物園門口那一座獅子雕像，不停的拍照，藉此欺騙自己，這一趟還是有看到動物的，這種駝鳥作風，只配得到我的白眼。

老貓最大優點就是：一旦木已成舟，就不會在傷口上灑鹽。所以我跟他說：沒關係，那我們就坐車去別的地方玩。皮羊羊這時候也發揮他最大的優點，迅速開發新點子：他要去吃一家速食店的漢堡，他在網路上面找到只有行家才會點的神奇配方漢堡。既然已經有計畫，就繼續前進，我們雀躍的搭上公車，還熱烈討論說要轉哪一班電車，才能最節省時間，口水直冒的討論，獨家配方漢堡究竟是怎麼樣的一個口味。我不禁誇讚皮羊羊：我怎麼會有這麼一個聰明兒子。沒多久……

我們母子三人又臭臉的站在熾熱陽光下，在一間什麼毛都沒有的破落商店旁等公車——我們搭錯公車了。

後記：

每次去外面遊玩，不管玩了幾天，好不好玩，到最後，我總是會有一個念頭：真想趕快回家。

不只我這樣子，皮羊羊和悄虎也都有同樣的想法。

擁有戀家的心情，其實是很幸運的，同時我也認為，這是旅遊後，最好的心情。

我不知道該生氣或該感謝阿楓哥那張嘴（悄虎八歲，皮羊羊十五歲）

我們家自從密西根州長在二〇二〇年三月中旬宣布居家隔離那一日起，幾乎什麼有用的東西都沒有增加，唯一肯定有增加的就是——體重

我記得一宣布隔離，當天晚上菜色就比平日多了兩道菜，接下來的一天又一天，菜色變化之豐富讓我覺得：老貓，妳可以不要這麼有才華嗎？

其中一頓晚餐，阿楓哥傻裡傻氣的問：為什麼我們吃得比以前好啊，現在是什麼特別日子嗎？

我說：趕快吃，別多問了，趁現在還有食物，趕快吃個爽。

我會這樣說，是因為那一陣子食物的確不是那麼好買，而且一直都有饑荒和食物短缺的傳言出現，所以我就抱著今朝有酒今朝醉，能夠吃就盡量吃，現在不吃更待何時。

~怎麼他有這種「吃狂」傢伙。

我很擅長安慰人，當然包括我自己，我對自己說：

首先，我們一定要準備足夠的營養與抵抗力來對抗這種未知的病毒。（最好吃蛋糕和一桶一桶的冰淇淋，可以增加抵抗力啦！）

再來，現在吃的所有熱量，之後饑荒一來，就全部還回去了，所以不用有壓力喔，我們只是在為以後儲備能源與體力。（這個應該比較有根據一點）

我也因為不用出去見人，所以過得非常的放肆。

直到有一晚，我們吃飽喝足後，我和阿楓哥都攤在沙發上。

阿楓哥有一個恐怖的習慣，他只要坐著聊天，嘴巴一定要嚼東西，再具體一點講就是，只要他心情愜意，準備長篇大論聊天時，就算面前放的是一根狗骨頭或者一條豬肥腸，他都會拿起來啃，那個晚上他果然又發作了。

可能是講到他最愛的政治話題吧，他就詢問我，要不要來支冰棒順順口？這當然合

我的心意。

阿楓哥就意氣風發大喊：悄虎……悄虎……

樓上悄虎回：什麼事？

阿楓哥喊更大聲：趕快下來，幫我們這兩個肥佬拿冰棒，你媽要那個黑糖珍奶的喔！

他說完，還討好的看了我一眼。

我本來心如止水坐在沙發上，準備來享受「飯後一支冰」的歡愉快感，結果呢！！這個男人是怎麼回事！！

一聽到他那什麼肥佬什麼的，我全身毛都炸了起來，大吼：到底什麼肥佬，誰是肥佬，你憑什麼把我加入你那痴肥的行列？

阿楓哥嘿嘿嘿假笑說：沒有啦，沒有啦，我只是開玩笑的。

開什麼屁玩笑！這絕對是你的真心話，你是覺得我變肥嗎？你怎麼不去照照鏡子，看看自己那什麼身材！

妄想息事寧人的阿楓哥，趕快說：真的沒有啦，我是說，我自己是肥佬。

說完還捏捏自己的肥肚。

我控制不了心底那種恐慌，就更暴怒：但你明明就說兩個肥佬，這裡就我們兩個，就是你一直在那吃吃吃，現在好了，搞得大家都肥成一團，什麼都不用吃了啦！

小孩也來湊熱鬧。

皮羊羊說：馬麻，妳真的還不能稱得上肥啦，只是肉多而已。

悄虎說：馬麻妳很瘦，妳是最瘦的，妳是地球上最瘦的馬麻。

他說完就呵呵笑著捏我腰部的一團肉起來，被我狠揍。

我快要瘋了，其實我生完小孩後就不量體重了，我是非常駝鳥的人，我完全不想知道自己多重。

被刺激的當晚，我就下決心要減肥了，減肥第一步呢！就是要先知道自己體重，才知道減重目標在哪裡。

距離上一次量體重十年後，我第一次發現自己體重這個揪心的數字，也讓我遺憾日後不能再放肆了。

一旦面對現實，就要開始處理問題，開始運動囉！

我對於讓自己吃苦這件事，意志力是非常薄弱的，所以我必須要找到一個可以百分百制服我的魔鬼教練——那就是悄虎。

我非常得意自己看人的眼光，這一次也是神準。

「挑人錯處，盯梢人」這一方面，悄虎說第二，沒有人敢說第一。

悄虎很雀躍的接受了我給他的工作機會。

這個工作內容就是，每天盯我有沒有跑步，如果偷懶沒執行的話，我就要給他五塊美金。

他那眼神猶如禿鷹盯著動物屍體，準備大快朵頤一番，讓我不寒而慄，我趕快跟他說：你每天做好你的工作，我也有一樣工作必須得做，那就是我必須要盯著你有沒有練鋼琴，只要你沒有練鋼琴，你就必須要給我五塊。

聽到我這麼一說，他的禿鷹眼神瞬間消失，怎麼瞬間變成一隻憂傷小麻雀了。

從「肥佬」那字眼出現的隔天開始，接下來的日子，悄虎與我就進入一種詭譎的狀

態，比如：

我會說：悄虎，我看你今天太累了，看那麼久的電腦，就不用再練鋼琴了，休息一下啦！

不用一分鐘，我就會聽到悠揚的鋼琴聲傳來。

有時候我也想，乾脆花五塊錢買一個清淨日子，悄虎就會好心說：馬麻，我知道妳今天看手機很累了，妳趕快去休息，不要在那邊跑步流汗很麻煩。

我就必須咬牙穿上跑步鞋，認命地狠踩跑步機。

有時候我就建議乾脆我們兩個都不要跑，也不要彈，大家休息個一天好不好！悄虎想了一下，跟我說好。我也就整個放鬆了，結果皮羊羊偷偷跟我說，悄虎一早起床就戴耳機練好鋼琴了（我們家是電子琴），正等著抓我的小辮子。

真是有夠奸詐的傢伙，最後我還是必須去跑，錢不是問題，是面子問題，我絕對不能讓人這樣耍著玩。

有了這樣的制衡，我們母子倆有沒有得到好處呢？

悄虎因為有每天練鋼琴，所以進步的比較顯著。

我第一個禮拜體重，是那個恐怖數字。

第二個禮拜，恐怖數字再加上幾百克。

第三個禮拜，又回到恐怖數字。

第四個禮拜，恐怖數字減了幾百克。

第五個禮拜，還沒有量，可是依我悲觀的個性來預測，數字很難下降。

我懷疑跑步對減肥有效嗎？

恐怕答案是效果不大，最重要一點還是在食量問題，或者是說食物熱量，跑步充其量，只是不會增肥，可是減不了體重。

這是我的體驗，當然我還是得繼續跑下去，我可不想要輸給悄虎。

目前這局面，我真不知道該生氣，還是該感謝阿楓哥那張嘴。

神奇的楓（瘋）醫生（悄虎八歲，皮羊羊十五歲）

這兩天我突然有一種感覺，阿楓哥沒有當醫生，真的太可惜了，他真的很會借力使力來治療各種疼痛病症，目前有兩個成功案例。

前天我脖子扭到，原因可能是我老用怪姿勢看書，或者看太久電腦，最近我很瘋一個網路博主的影片。

昨天我又在看了，剛好阿楓哥也湊過來看，我就請求他順便幫我治療一下脖子，阿楓哥一邊治療我，一邊批評揶揄嘲弄影片中的一切。

好不容易影片告一個段落，我趕緊跟阿楓哥說謝謝，他也一溜煙就跑走，當下我是覺得脖子好像沒那麼痛了。

今天早上起床，我的肩膀痛到連摸都不能摸。我還傻傻跟阿楓哥討論治療矛盾處。

他居然說：脖子問題解決就好了啊，妳真要學著忍耐一些「小小的」副作用。

我終於深刻體驗到，阿楓哥醫術神奇的地方，他會讓你疼痛轉移焦點。

另一個成功案例——悄虎。

悄虎今早貪嘴，吃了兩塊滷豬腳，就胃痛起來，我叫他去沙發上休息一下。

阿楓哥倒是和藹的叫喚他過去，說要幫他治療。悄虎是一個很謹慎的小孩，短短三步路的距離，他花了一分鐘才靠近他爸爸。

整個治療手法，我看大概就是用力按壓手掌虎口處吧，一整個療程下來，只是聽到小孩不停的哎呀哎呀叫。

過了不久，悄虎又倒回原來沙發的地方，開始跟皮羊羊在那邊踢來推去。

我問悄虎：你胃不痛了喔？

悄虎猛然抬頭，傻愣愣說：唉呀，我忘記我的胃在痛了。

我說：怎麼可能會忘記痛這件事，應該是你爸把你治好了吧！

他哀怨舉著手，說：那是因為……我的手更痛……。（小孩嗚咽中）

阿楓哥坐在一旁，微笑看著經過治療，疼痛成功轉移的兒子。

發生了一件很詭異的事（悄虎八歲，皮羊羊十五歲）

前天我心血來潮，覺得該來好好運動，就想說乾脆來整理一下冰箱吧！裡面可是有我的心頭好——黑糖珍奶茶棒。

我要把冷凍庫的食品，全都重新做個調配，我希望海鮮類就好好的跟海鮮相處，麵食類就好好的窩成一團，雞豬牛羊也不要雜七雜八的混著一堆，超沒規矩。主要我是怕牠們會玷污到我珍奶冰棒。

喔，對了，整理冰庫前，我有先把兩支珍奶冰棒拿出來放旁邊，因為我怕它們被這些雜物給壓傷了。

沒想到，整理好冰庫……我就……找不到我的冰棒了，一開始我也沒有多想，因為冰棒肯定在我周遭。

但是在我把冰箱冷凍庫的東西，全部拿出來又放回去，重複兩次之後，也檢查我周遭所有的空間縫隙後，我開始心慌慌了，會不會……有可能……。

在整理冰箱之前，我有跟阿楓哥談到一些比較玄的事情，我們一開始談宗教，最後

談到時空轉換，或者是同一個空間可能存在不同時間的人事物。然後我又剛好在聽一部有關時空轉換的小說，邊聽、邊想、邊找，我就越來越毛……最後沒辦法了，只好找幫手。

我一喊冰棒不見了，他們三個全部咚咚咚的快速跑下樓來。

他們會這麼重視，可能跟我「嚴控冰棒食用」有關：一個人一個禮拜一支。

皮羊羊是我們家最會找東西的人，找一會兒後，宣告失敗。

接著阿楓哥也失敗。

悄虎是全家最不會找東西的人，只是來亂的，他看完洗碗機後，也宣告失敗了。

皮羊羊懷疑是我吃了冰棒，然後故意裝作找不到。接著又懷疑，可能是被天上阿公吃掉了。

（反正我們家如果什麼東西不見，或者燒掉什麼東西，就會說是要給阿公，或者是阿公拿的。）

這詭異的事發生在前晚，隔天早上大家心裡都還是怪怪的，不停的翻箱倒櫃，看各種縫隙，也不停的逼我承認是我吃掉。

午飯過後，阿楓哥埋怨我管得太緊，搞得現在想吃都沒得吃了。

我也有反省，該享受的時候，不好好享受，等到失去的時候，才怨嘆有什麼用。

我就跟他說：再去開一盒新的來吃吧！

他們三個都不敢置信我的慷慨，我說：請你們享用吧，那兩支就當作是我吃掉好了，拜託不要再惦記這件事了。

事情就是這樣，當你放下的時候，奇蹟就會出現，這兩支消失十八個小時的冰棒，立馬重新回到我們的世界，當然也順利進入阿楓哥與皮羊羊的肚子裡了。

我本著為大家「保留想像空間」的好意，也讓你們對這故事留個念想，我不會跟你們講，那兩支冰棒究竟是從哪裡出現的。

父母與孩子的互動（悄虎九歲，皮羊羊十六歲）

悄虎從五歲左右，就展現對畫畫的熱情與興趣，我在旁邊默默觀察，不鼓勵也不壓抑，我想看看單靠他這一股子熱情，能夠維持到什麼時候，沒想到，直到現在，他的

熱情不減反增，這讓我的思慮更加千折百轉，我到現在還下不了決心讓悄虎去學畫，不是我怕他以後得靠賣畫維生，我是擔心找不到對的導引者，一旦他進入商業化的教學環境，不小心就會搞餿掉這種畫畫的熱情，甚至因此產生框架，無法真實展現自我。

他這麼愛畫，讓我猶如手握珍寶，卻不知道該如何擺放，才能適得其所，讓其綻放光芒。

大概也就我了，才會幫他操這種無謂的心吧。

悄虎是獅子座，整隻就是一個悶騷包，上頭有一個喜歡搶風頭的哥哥，他常常感覺被壓抑，所以很愛故作老成狀，想要證明自己一點也不差，尤其在跟爸爸相處上面，我感覺悄虎明顯比較吃虧。

皮羊羊的個性多采多姿，奔放無比，所以常常可以引發阿楓哥與他產生激烈的化學反應，儘管有幾次是憤怒與失望，但更多是歡樂與充滿期待的。

這樣的火花並不存在阿楓哥與悄虎之間，我是覺得有些遺憾。

有一次我說服阿楓哥，利用皮羊羊不在，趁機與悄虎進行一對一的父子談話時間。

我記得那一天，就他們父子倆去吃麥當勞，一個多小時後我們再度碰面，我滿懷期待地問：你們都聊了些什麼？

現場一陣沉默……

我語氣略為加重，問阿楓哥：你說說，你跟悄虎都聊了什麼？

阿楓哥完全不看我，乾乾的說：妳問悄虎就好了。

我只好轉而問：悄虎，你跟你爸在麥當勞有沒有聊天講話？

悄虎搔搔頭說：我們進去麥當勞，點餐，然後坐著等，後來去拿餐……

我不耐煩，打斷他，說：我是問，你跟你爸爸有沒有聊天，講了什麼話，沒有叫你講這些無聊的動作。

悄虎不疾不徐，接著說：拿到餐之後，我有問把拔「我可以吃漢堡嗎？」，把拔說「可以」，接著我們就把東西吃完了，然後把拔看手機，我看書。

我不敢相信，問：就這樣嗎？有沒有一些別的，例如聊一聊你學校啊，朋友，或者你的畫畫什麼的？

悄虎聳聳肩，一副「我盡力了，就這樣吧」的表情。

阿楓哥這時才笑出來，說：我們好像真的就只有講「可不可以吃漢堡」的事耶！

我被打敗了，隨他們去吧！

過了幾個月，悄虎終於得到阿楓哥的認可，在某一天，他們去一家咖啡店進行Men's talk。

因為是得來不易的機會，我得用力制止皮羊羊跟著前往，我希望阿楓哥與悄虎父子倆談話是一對一的，不要有旁的干擾。

至於皮羊羊先生，我則必須好好關心他的學習了。我一直強調皮羊羊是一個很有主意，熱情奔放，與人相處聊天都自在愜意，這些很好的特質，放在斤斤計較分數的學科上，是沒什麼加分效果的。

在美國，高中學制是讀四年，目前皮羊羊要進入高三了，這是父母和孩子必須要共同努力的一年，過了這一年，我就不再管他任何學習的問題。

前幾天，他的SAT考試結果出來了（註釋一），成績不好不壞，但絕對沒辦法進入皮羊羊的夢幻大學。

如果是在台灣，數理好的小孩，可能很吃香，但是在美國，以亞洲小孩來講，數理好是基本的，你必須要英文好，才有機會脫穎而出。SAT考的好，越接近滿分，很多時候，就可以拿到很多獎學金，幾乎可以免費讀大學了。

皮羊羊不是那麼喜愛閱讀，對文章的理解層面，常常僅限於表面，所以遇到SAT大考試，就會來不及反應了。

麻煩的就是，數理要進步，三個月也許可以看出成效，但是語文這方面，其實是需要半年以上的時間來加強，才會看出成效。

我們想要花錢讓他去補習英文，可是他堅持要靠自己去找免費學習資源，作為守財奴媽媽，我當然喜歡皮羊羊這麼獨立進取，但是他能成嗎？

皮羊羊跟我說，他有跟兩個SAT考得很好的朋友聊天，聊完之後，他就更加的堅定要靠自己，因為這兩個朋友也沒有補習，完全是靠自己學習完成，朋友們鼓勵皮羊羊去考ACT（註釋二），這類考試比較專為數理好，英文普通的小孩設定的，那兩個朋友去考過，也是接近滿分。

看到兒子這樣的學習理念，我覺得日後不管上了哪所大學，都會有大展伸手的機會。

皮羊羊，你真的要好好靠自己，只有靠自己走出來的路，才是最正確的路。

講個好笑的。我平常一定要小孩幫忙做家事，不過，只要是考試前一天，就可以免除任何雜役，可以安心當國王被我盡心伺候著。

有一次，皮羊羊考試結束後一回到家，我剛好在忙別的事，就叫他去煮晚餐。

沒多久，皮羊羊就招呼我們大家來吃。

看著眼前豐盛的菜餚，我問：皮羊羊，請問你從國王變成「廚師」，心情有沒有任何變化？

皮羊羊嗤了一聲，說：馬麻，妳是把我想得太高了吧，我是從國王直接變成「奴隸」好不好。

悄虎趕緊緩頰：葛格，你不是奴隸啦，你是「手下」。

看我們沒什麼反應的樣子，悄虎用有限中文繼續說：不對、不對，是「臣子」。

他發覺我們依舊一副乏味樣，只好馬力全開，說：葛格，我看你就是一個「宦官」吧！

悄虎講完這句話之後，接下來我必須要出聲大力阻止，不然悄虎就會被皮羊羊給揉

壓到肋骨斷掉。

註釋一：SAT考試是由美國大學委員會所主辦的學術能力評估測試（Scholastic Acessment Test）。這是全球高中生申請美國大學是否能錄取，或可否申請到獎學金的重要參考之一，有點類似「美國高考」的概念。

SAT考試主要分成，推理測驗（Reasoning Test，又稱SAT I）和學科測驗（Subject Test，又稱SAT II）兩種。

推理測驗又有，數學，實證式閱讀與寫作。這些項目的成績，將會成為評鑑學生英文程度、閱讀能力、數學推斷能力，寫作能力的依據。同時，這也是預測同學入大學後的參考資料，和各學校畢業生的程度參考。每個項目最高八百分，總分是一千六百分。

註釋二：ACT考試指的是美國大學入學考試（American College Testing），是美國大學本科的入學條件之一，一般來說，想要進行美國大學申請的學生都需要參加ACT考

試。大多數的美國大學要求學生在申請本科項目時提交ACT成績作為學習能力的證明。

無恥爸最棒（悄虎九歲，皮羊羊十六歲）

美國的第一波疫情到現在都還在高潮（二〇二〇年夏季），是非對錯我不想再浪費腦力去評論，目前比較傷腦筋的就是小孩的教育，今年秋天開學，我們這個學區想出兩種方式，讓學生可以自由選擇：

一、去學校上課，戴口罩保持距離。

二、全部網路上課。

我們開了家庭會議。

在今天之前，我是主張悄虎應該要去學校上課，因為網路上課效果不好，再好的老師，也無法百分之百的發揮教學效果，我尤其擔心悄虎的英文能力，我們家沒辦法給予

最好的幫助。

悄虎也跟我說，他不想要去學校，但是他需要去，因為在網路上課要問老師問題，還要預約時間，很多時候螢幕畫面常常因為網路問題被截斷。

我們母子倆都覺得，回學校上課是「不得不」的決定。

但是阿楓哥一句話，就打消我讓悄虎回學校上課的念頭。

他說：我的孩子生命比課業重要多了。

再來就換討論皮羊羊了，再來是皮羊羊高中最後一年，他也非常的不欣賞網路教學，他覺得有些老師不習慣網路教學軟體，所以常常一堂課，有一半的時間，老師花很多時間在處理電腦問題，而且教學沒互動、沒效率，很多時候就是讓學生看事先錄好的影片，還有各式社團，朋友互動等，所以皮羊羊想去學校上課。

我聽他這樣講，又想要支持了。

這時阿楓哥嘴巴又動了：兒子啊，我跟你們講個故事……

他中間停了一會兒，因為跑去冰箱拿了一枝甜筒來吃。

回來邊吃邊說：我大學的時候，修了一門熱力學的課，當時講課的老師，都只是照書抄黑板，所以我覺得浪費時間，常常翹課。期末考後，老師當著全班表揚了兩個考一、二名的學生，這兩個學生第一名是我，另外一個也根本不去上課。我跟你們說這個故事，是要跟你們講，很多學習都要靠自己，你沒辦法靠老師教你所有東西，以後出社會，更必須要有這種自學的能力。

這下子搞得兩個兒子更崇拜愛蹺課的老爸了，皮羊羊還說：好耶，這樣我不去學校上課了，將來我要跟把拔一樣厲害。我得在旁拚命提醒他們重點是「自我學習」，可不是翹課耍帥。

現在就決定好了，接下來這一個學年，兩個兒子都在家好好的用網路學習，自我鞭策，不去學校上課了。

開完家庭會議，我們大家散會，我看到皮羊羊突然跑到我桌上拿了一把尺去給他爸爸，我唸了他幾句，不要亂拿我東西之類的話。

他一副理直氣壯的說：因為我把拔要尺啊，可是他房間沒有尺，哈哈哈，我把拔是

無尺爸、無尺爸、無尺爸，我愛無尺爸。

看著滿腦只想奉承的皮羊羊，我的喉頭已經笑到快要抽筋，他也看到阿楓哥憋笑的扭曲法令紋，這才發現馬屁會不會拍錯了。一直問我們怎麼了？發生什麼事，無恥爸有什麼不好嗎？

皮羊羊寶貝，也許我們要開始來上中文課了。

第九回 老貓的糗事

難搞的生日禮物（老貓高中）

老貓從小對「生日」，以及「生日禮物」挺無感的，主要是家人不太注重，我老爹自己也搞不清楚是哪一天來到地球的。更別提生日禮物這奢侈玩意兒，當時只要家庭氣氛平順，老貓就想要燒香拜佛感謝老天爺了。

我不注重生日，可不代表別人也不當一回事，老貓在高中時期嘗試了兩回「送人家生日禮物」這個活動，最後卻演變成讓壽星感到驚悚，從此我就沒那麼熱衷「生日禮物」這玩意兒了。

第一次是在高一的時候，有一位跟我同校車的女同學（不同班），特別喜歡我，她常常說老貓是一個有趣的人，與我當朋友很開心。那一年我生日的時候，她就送我一對小熊髮夾，當時我真覺得受寵若驚，所以決定要特別用心準備她的生日禮物。

我動用了我的存錢筒，專程在假日走了一個小時的腳程，去商店買了一樣禮物，當初發現那個商品的時候，我超級興奮卻又很不安，有一點點像那種不小心在公園草地裡挖到金條的鄉巴佬，很擔心這寶貝被搶走，尤其這禮物的體積非常大，非常氣派又獨特，絕對會讓我很有面子。

我們約好在圖書館門口見面，我想她也非常的興奮吧！因為我一直明示要送她一份難以形容，畢生難忘的禮物。

嘎……嘎……嘎……嘎……

我完全不想再回憶當時她拿到我這份禮物的表情、神態等。

那場會面大概不到五分鐘，後來我就帶著我那比籃球還大的禮物，和一顆受傷的心回家了。

簡單的說，我的禮物是一顆非常巨大的——人頭骷顱存錢筒，被拒收。

有了第一次送禮重傷後，我花了兩年多療傷，後來高三時，另一個好朋友，她提議要和我交換生日禮物＋畢業禮物。我一聽大驚，馬上反射性的拒絕，可她是那種玻璃心的人，以為我不重視雙方的友情，我費盡唇舌跟她表示我的真誠，她還說必須要手作禮物，要有心意在裡面，不可以買現成品應付。

我怎麼有辦法交往這類人啊。但是我對於她的心情還是很重視的，所以我沒在管即將到來的大學聯考，花了好大的勁來製作這份禮物。

這次是約在學校交換禮物，她交給我一張五顏六色的編織物，聽說這是她和妹妹費了一番功夫編織出來的，我也信心滿滿的把禮物交付她，幸虧這次禮物有被接收。

聯考結束後，我們約碰面。我要先講，我這位朋友，她的嗓音真的是非常尖銳，尤其在受到刺激的時候，更加刺耳的要命。還沒走近，就傳來她那尖吼聲：老貓——，妳送我那什麼鬼，把我嚇個半死妳知不知道。

我只能說做人難，送禮更難，這一份禮物算是我嘔心瀝血之作了，在應該好好的背歷史地理鐵路分佈的時候，我還在那邊譜曲填詞，大唱特唱，發表多條人生感言，盡訴衷曲。

沒錯，我就是送了她一張，獨家特制卡帶（內附二十幾分鐘的喃喃自語，還有獨創的兩首歌），三十分鐘一面的卡帶，我錄得滿滿的。

而她……這個女人，居然如此不懂欣賞。

從此之後，我不再送人生日禮物，因為一切都是白費心思。

女人不要為難自己的頭髮（悄虎七歲，皮羊羊十四歲）

前幾天老貓做了一件蠢事，那天早上在刷牙的時候，照一照鏡子，總覺得瀏海太長了，我一向討厭長長的瀏海，總覺得會使人看起來不夠開朗乾淨。這時突然看到面前有一把剪刀，就直接拿起來，想說把瀏海修一修，也許可以看得順眼一點。可是……

當我看到自己露出那一大片光潔額頭時，手中的剪刀匡噹一聲瞬間掉到洗臉盆裡，那一刻，我才知道，瀏海對女人門面來說，是多麼重要的一回事。

皮羊羊放學回來，對著我左看右看，就直說：馬麻，我看妳還是在家裡躲個一兩天好了。

沒等到我發出哀號聲，他就接著說：我看一兩天不夠，還是需要一兩個禮拜。

悄虎看到我，雙眼充滿同情，小心翼翼地問我：馬麻，妳是從哪裡學到這個髮型啊？

他是用英文講，好像還怕我聽不懂似的，用中文再問兩遍。

我很不耐煩，抓來毛線帽，趕快往頭上一戴，說：我自己亂剪的啦！

悄虎擺出一副了然的樣子，嘆息了一聲。

嗚嗚嗚嗚，接下來的日子，只有帽子是我的好朋友。

在食物世界裡，沒什麼理智的老貓（悄虎七歲，皮羊羊十四歲）

我非常喜歡朋友，但是真的很討厭送生日禮物，大部分的朋友都不會得到我送的禮物，因為老貓真心想送的禮物，絕對不會是一般人喜歡的東西。

如果真要送，也只會送跟食物有關的，但是這種禮物又會引發另一個問題，那就是老貓自己也挺想吃的，

如何讓收禮的那一方心甘情願的分我一杯羹，這真的是個大學問。

老貓從小在吃方面，就是幸福過度的那一種，我從小學二年級就開始自己走路上下學，從學校到我家的距離，大概腳程三十幾分鐘。

我每次放學都得花一個多小時，才回到家，因為中間會經過雜貨店、玩具店、書局等，有時候走台中公園裡面又有各種好吃的攤販，接著還有親愛的麥當勞，我每天四點多放學，回到家都已經快要六點，吃的肚子有夠撐。

國中高中更別講了，簡直就是吃到一個圓滾滾。

大學時候是有減肥成功，但我愛吃的習慣還是屹立不搖。

當時我特愛跟一個女孩（我乾女兒的媽）一起吃飯。她當時想要利用「細嚼慢嚥」來當成減肥的手段，而且又很吃苦耐勞，總是會把好吃的留到最後再來吃。

譬如說一份油雞飯，她就先一片菜葉子配幾粒米，這樣慢溜溜的吃，等到老貓已經解決掉自己那一盤，準備走的時候，她還有一大堆油亮亮的肉在盤子上，老貓就得體貼問：需不需要幫忙。

她會給我一個白眼，然後把盤子推過來，老貓就馬上幫她解決掉這些麻煩。

我老覺得我們在一起吃飯的那一段時光，她走路總是輕飄飄的，不知道是不是沒吃到太多肉？

現在老貓來到美國，已經是兩個小孩的媽，可惜壞習慣還是在。

前幾天準備送個超好吃的蛋糕給朋友，那個蛋糕必須在我家冰箱過一夜，在那幾個小時，我心裡真的是萬分折騰，超想要把它切一塊來吃的，可是其他人都說我這樣做，實在太失禮了，所以那一個夜晚，我只好盡量不去看冰箱。

後來這朋友很上道，居然還留著一些給我塞牙縫。

還有一次，我們做東請客，請來了一堆客人，其中有一個家庭是回教徒，所以不能吃豬肉，老貓還在email上面嚴厲的寫著「不准帶任何豬製品來我家」，搞的那一家人也很不好意思，不過我正氣凜然的說：我們家是一切以客為尊的。

請客前一天，老貓就去採買了好幾百美金的食材，想說要來好好的招待客人。

老貓通常會在請客前一晚，就把東西大概的準備好，這樣一來，請客當天，就可以假裝輕鬆自在的說：辦PARTY，對一隻貓來說，根本就是小CASE。（這也太臭屁愛現了吧！）

隔天早上，喝完咖啡，老貓開始忙起來了。把所有東西熱一熱、煮一煮、切一切，擺擺盤，還一邊得意自己是如此聰慧，有效率。

一切就緒後，我在撒青蔥的時候，才突然想到，是不是有一點「豬」過頭了。

老貓搞了一大鍋麻辣魯味，裡面有豬頭皮、豬耳朵、豬鼻子、豬舌頭、豬大腸、豬尾巴，豬腳等豬東西。

整個家就是一團豬味，我還得用精油薰香。

我被阿楓哥一直唸唸唸，他還想把魯味藏到車庫去，皮羊羊則是一邊哀嘆，怎麼有這麼誇張的媽媽，一邊不停塞豬頭皮到嘴巴。

後來朋友們來，也是只能見怪不怪，沒辦法，一說到吃的，老貓就會失去理智。

美食威力大（悄虎八歲，皮羊羊十五歲）

皮羊羊再過幾個月就滿十六歲，已經可以開始準備考駕照囉！

想不到除了開車教練之外，我是第一個坐皮羊羊開的車。昨天我跟他練了一個多小時的路邊停車，今天他就開上高速公路了（當然旁邊有教練）。

昨天他對我有些不滿，因為他覺得我不夠盡責，只會在旁邊看電子書，都不知道要下車去幫他看看車停的怎麼樣，或者站在那當「人型柱子」，讓他知道什麼時候該彎。

我說：你當我是傻的嗎，站在那裡被你撞喔。

他說：妳就趕快跳開就好了。

我根本不理他，繼續看我的書，只說：皮羊羊，我這一整車滿滿的油，就送你了，你給我停個一百次，這是我最多能幫的。

說真的，車裡就有倒車雷達加螢幕，是有多難啊！

想當年老貓一拿到駕照，就開車上路，也就馬上把我爸新車後照鏡給撞斷了，因此愧疚的有好長一陣子都不敢開車。

一年後的某一天，老貓實在壓不住想吃太陽餅的慾望（台中市菊花老店那一家，現在沒了）剛好那時候家裡就剩一人一車，我只好自己開車去買，也因此克服了心魔。

來到美國，老貓一開始不敢開高速公路，那時候根本沒有谷哥神導航，我怎麼會知道何時該上下交流道。

後來有一次，老貓實在超想吃烤鴨的，阿楓哥又不在家，我只好使用不靈光的導航機器，硬著頭皮開了四十分鐘去買，其中有三十分鐘都在高速公路上，開去的時候，可能滿腦子都是烤鴨，所以沒有什麼恐懼。

但是，買完烤鴨回來途中，我在高速公路的車流中，突然整個人驚慌起來，直冒冷汗，因為我突然意識到，我好像單獨一個人在高速公路上耶！

那感覺很像是一葉飄茫在浩瀚大海中的孤舟，我這樣的形容真不是誇張，因為我嚇到不敢做任何事，又得隨波逐流一直前進，我因此不敢變換車道，也因此不能下交流道，也因此隨著車流一直開開開，直到沒什麼車的地方，才趕快下交流道，本來以為可以放輕鬆了，一不小心又被導航上了高速公路，接下來的劇情，你們應該知道，又是一次惡性循環。

那個四十分鐘的車程，搞到兩個小時都有。不過呢，回到家，撕咬著那烤鴨，可真是特別好吃耶！

經過那一次的白癡經驗，後來是比較敢開了。

現在想想，「美食」一向是老貓克服恐懼最大的關鍵點，可惜這一兩年來腸胃功能轉弱，很多食物必須忌口了，難怪老貓現在越來越膽小了……喵喵喵。

這是幸運嗎？（悄虎八歲，皮羊羊十五歲）

老貓一直都感覺自己有幸運神守護著，具體來講，就是不論我做了什麼蠢事，或者出什麼餿主意，最後受罰受傷害的，都不會是我，真的非常奇特，這件事跟「我的跑步速度」一樣，在我心中是一個謎團。

我就舉兩個例子。

這事發生在國小三年級，那時候中午都在學校吃營養午餐，大家都用公共的鐵盤鐵碗來吃飯，老貓就覺得，一樣是吃飯，為什麼不能夠擁有愉悅的心情來吃午餐呢！要怎麼擁有愉悅的心情，唯一可以做的，就是使用可愛的動物餐具。

所以我就慫恿了其他兩個同學跟我一起使用卡通塑膠餐具。

整整一個禮拜的中午飯後，我們三個就快樂的在那邊清洗我們的餐具。

快樂時光維持不久，被老師發現了。為什麼會被發現呢？因為陸陸續續有人也這樣搞，老師整個大震怒，開始質問始作俑者，我們三個在老師面前都一起抖抖抖抖。

沒想到老師居然指著我說：老貓，我知道妳很乖，妳不可能搞這個花樣，回去坐好。

我心裡是一喜一憂，很怕被其他兩個同學怨恨，還好，事後我花了一點錢，請他們吃東西賠罪。

再來一個例子，也就發生在前陣子，老貓已經是中年婦女了。

有一個朋友帶孩子來家裡玩，這位女性朋友跟我聊著聊著，就開始講到夫妻的相處困難之處，聽到這個，簡直就是專為老貓而展開的話題，我馬上全部神經豎起，開始進行分析且提供解決之道，我說：有一個方法，只要妳照著做，保證你們夫妻會愛得死去活來。

她雙眼圓睜，充滿好奇的光，問：究竟是什麼方法？

我說：每一次妳老公從外頭回來，一進門，妳就測好大概五大步的距離，開始跑跑跑跑跑，然後……用力一跳，撲到他身上，像無尾熊一樣，扒著他，絕對要撐住十秒，不管他怎麼叫絕不能放手，知道嗎？順便給他親下去就對了。

她聽了有點花容失色，說：這……這……這我沒辦法啊，我……我做不到，妳有做

過嗎？（她還認真的比這些姿勢，我都難為情了。）

我是真心覺得遺憾，說：我沒辦法做，因為我真的很不會跑步，運動神經很差，根本跳不起來。但是我看妳……，對了，妳到底會不會跑步？

她很是慌亂地點點頭，說：跑步是會啦，啊呀，重點不是跑步，我是真的不敢那樣做，妳自己也沒做過，還叫我做。

我真的是遇到朽木了，就怨嘆：很多事情如果大家都做過，那就沒意思了，相信我，男人很愛這一套，我確定這可以成功贏得男人的心。

我一碰到這種話題，就會整個腦殼發熱，根本就沒注意到旁邊有小孩在聽。

那位爸爸剛好這時候來我們家接妻兒，一進門，鞋子都還沒脫好，才開口說了一聲嗨，就受到他女兒俯衝而來的熊抱，這女孩體型跟老貓差不多，不大不小真的就整隻掛在爸爸身上，這男人已經撐到腳步零散、隨地亂點，眼看就要倒趴在地上了，我們趕快勸女孩下來，讓爸爸可以稍微吸一口氣，

結果……這位爸爸好像……腰部有點點拉傷了，不過他還是一直對著我們強顏歡笑。

之後我問這女孩為何這樣做，她就說：因為我想要試看看，阿姨妳的點子行不行得通啊！

惡魔永遠藏在小細節裡，我這個絕妙點子，原本是要幫助媽媽，結果又害到人了。

啊，真希望他們夫妻可以靠自己找到有趣的相處之道。

貓老師（悄虎八歲，皮羊羊十五歲）

老貓在美國，還是有幫忙傳播一些中華文化，本來在中文學校當老師，後來又當起中文家教老師，這非常符合老貓的胃口。

目前學生中，有一對雙胞胎兄弟，六歲左右。這對雙胞胎是目前為止，算是我覺得挺好玩的小孩。

老貓心中「好玩小孩」的定義就是開朗、大方、逗趣，偶而耍些無害小心機。與他們相處，我非常自在，因為感覺很純粹，不用太花心思，不小心就會把他們當作是我的小孩。

會讓我自在的地方，也是因為他們對我不太裝，要不要，喜歡不喜歡，直接就跟我

講個明白，這讓我知道要怎麼與他們相處。我舉幾個例子：

雙胞胎哥哥剛開始學寫中文一二三的時候，就跟我說：老師，我覺得來妳這裡學中文很無聊。

我說：哦，你覺得無聊啊，我來想想齁！教你中文，是我的工作；把中文學起來，是你的工作，我作了我的工作，你呢，你有完成任務嗎，你居然覺得無聊。

他可憐兮兮回：我學不會，這太難了。然後不停的用筆戳橡皮擦，在那邊玩起來。

我把東西拿走，說：我不相信你會覺得這太難，因為你很聰明，現在我需要你用你那個聰明的頭腦，幫我們想想有什麼遊戲，可以把這些字記起來，讓它們變得有趣。

接著我就轉身去看弟弟的功課，沒多久哥哥就跟我說他想到一個好方法。

他發明一個忍者，在這些字筆畫上面跳來跳去，我提醒他要按照筆畫來跳，忍者才算過關成功。

弟弟更好笑，他有幾個注音組合不太會，幾次下來，我就覺得非讓他換換角色不可，我把玩偶排成一堆，然後跟弟弟說，現在你是老師，必須要教鯊魚寶寶、熊弟弟、

兔妹妹怎麼念注音。

神奇的就是，弟弟當老師的時候每個音都唸得非常好，而且他還和藹可親的詢問鯊魚布偶聽懂了嗎？如果不懂，他可以再講一次。

我當時覺得好可愛，沒想到他接著問兔妹妹，這個注音怎麼唸，兔妹妹回答不出來，他就一直海扁兔妹妹，我得趕快阻止這個暴力老師。

這種童話式教學，效果非常好，我就想說這個弟弟應該已經學起來了，當他恢復學生身分之後，我指著相同的注音問他怎麼念，他居然又唸的坑坑巴巴，換我很想海扁他。

他們也很喜歡聽我講故事，而且不是講那些溫馨甜蜜有禮貌小孩的故事，而是比較重口味的，例如西遊記、三國演義等，西遊記還好打發，比較玄幻，富想像力的內容，非常適合小孩子，可是三國演義就是一整個打打殺殺，而且裡面角色非常多，遣詞用字都比較深，不管我怎麼嚇唬他們，他們就是想要聽，我只好把聽故事變成一種獎賞，如果他們有好好的學習，沒有在上課時間亂作怪，就可以吃餅乾、喝果汁、聽故事。

三國演義真的很難搞，尤其是講給半大不小的孩子聽，我盡量用比較淺白的字眼，把劇情盡量的和平處理，最後結語永遠都是，小孩子不可以學，這是錯誤的，要對人有禮貌，不可以對人使用暴力等等的。

如此一來，雙胞胎弟弟就會很誠懇的問：老師，關公是不是一個有禮貌的人？講到一些流民饑荒的情節，哥哥也會嚴肅的問：皇帝是不是把那些人的餅乾全部吃掉了。

這兩個真的可愛透了。

讓老貓心跳一八〇的蛋糕（悄虎九歲，皮羊羊十六歲）

老貓參加了圖書館舉辦的讀書會，每一季讀一本書，這一次討論的書是「Eat cake」。

這本書是在講一個年齡五十左右的女子，她是美國典型幸福且忙碌的家庭主婦，先生是醫院行政主管，擁有一對子女，分別讀大學、私立高中，她最大的樂趣就是烘培蛋糕。

這樣的美好生活在某一天被打破了，那一天，她的丈夫被醫院資遣，多年不見沒聯絡的鋼琴師父親發生意外，手廢了，需要她帶回家照顧，與父親水火不容的母親跟她同住，家中還有一個讀私立學校，自私任性的青春期女兒。

有一位圖書館員來主導讀書會，她先與我們討論各個角色的定位。

因為書名的關係，所以這位主導人就烘培了一個蛋糕來請在場二十位成員吃，我本來想這是多麼美好啊！我可以吃吃蛋糕，聽著大家討論，愉快的度過兩個小時。結果吃著吃著，越聽越不順，他們討論到女主角，幾個人發言說：女主是一位顧家、有耐心的、有愛心、孝順，有責任感的女人。

主持人也附和了幾句，就開始討論其他角色。

這時候老貓開始心跳加速，等到討論告一段落，放下叉子，我就說：請問我可以說一下我對女主角的想法嗎？

主持人說：可以，請講。

我說：這位女性聽起來好像是個好女人，但我覺得她在處理親子關係的時候，該教

育時卻沒有講任何話，只是氣在心裡，把自己搞得好像受害者，我覺得她這樣的態度，對親子雙方都非常的不對。

（背景解釋：書中有一個例子：媽媽購物回家，手裡抱一堆東西，沒辦法拿鑰匙，就請坐在窗戶邊的女兒開門，幫忙拿東西，結果女兒對她吼：早知道待在這個家會這麼煩，那她情願關在房間裡，直到上大學為止。）

主持人說：我理解妳的意思，不過美國青少年很多都是這個樣子，這是很常見的，父母不會想要在這種小地方與他們起衝突。

老貓心跳再加速……

我說：我知道現在很多父母都希望跟孩子發展朋友關係，但是時機點都掌握的不是很好，在孩子小的時候，需要父母給予糾正的時侯，父母要當朋友，等到孩子性格因為青春期產生變化，父母還是當朋友，不敢糾正孩子，怕起衝突，請問一下，父母的角色，除了吃喝住提供錢以外，究竟還有什麼教育作用呢？

伊朗爺爺發言，同意我的說法，他也講了一段他的見解。

德國媽媽說：我們要理解青少年，他們因為生物鐘的影響，所以會產生很多，他們

無法控制的奇怪行為。

老貓心跳更加速……

我說：每個人都經歷青春期，我也承認青春期的確情緒會起伏比較大，但是我更相信，青春期小孩的父母因為各種原因，不知道如何與小孩進行溝通，所以「難搞的青春期」變成一個很好的藉口，大人為小孩的一些惡劣行徑，找太多藉口了。書中的這位媽媽，躲藏在幸福糖衣下，老公工作賺錢，還可以忽略女兒日益高漲的自私與輕狂，一旦老公失業，女兒第一個出來哭，哭的是她得離開私立學校與那些光鮮亮麗的朋友。

我說完一大串，一位墨西哥媽媽說：我還沒有看過這本書，但是我有不同看法，我覺得我們應該要對小孩子展現耐心，要跟他們多相處，我以前青春期的時候，也是非常叛逆，所以青春期的小孩就是這樣，我覺得這個女兒已經不錯了。

老貓耳朵已經可以聽到心跳聲音……

我說：請問，妳有看過這本書嗎？

她說：我剛才說過，我沒有看過這本書。

我說：那麼等妳看完前面幾章，我們下週再來討論看看，妳對這女兒的一些其他的想法。

主持人這時出來說：其實這是文化差異啦！以我們現在的標準來看，這女兒並沒有做出一些危險的行為，或者是粗暴的舉止，還是有一起吃飯，待在家裡，乖乖上學。

我心裡也是同意啦，也許真的是文化差異，我雖不認同，但有機會討論了解一下，總是好的，儘管我心裡還是覺得美國父母的教育太那個了，尊重與放任的那條界線，非常模糊。

後來陸續陸陸有人發言，也不是太重要，因為我已經把蛋糕吃完了，沒什麼想講的了。

我發現我真的是一個好辯的人，也不管語言溜不溜，只要是在我比較熟悉的話題領域，跟我的觀點想法不一致，就會引發心跳失速，非得講話不可。

會心跳到快噴出胸膛的原因是，語言障礙還有公開講話的亢奮，這種機會還真的不能多，老貓還想多活幾年啊！

幸運的老貓（悄虎九歲，皮羊羊十六歲）

老貓在二〇一九年十二月初，發生一樁很幸運的事。

我一直想要省點錢，就在去年九月把手機門號換成一年繳五十五美金的Freedom Pop網路電話，對於這便宜的手機門號，老貓一開始還挺得意的，到處對人宣導這門號的好處（應該是炫耀成分居多）。

可是慢慢發現，裝了這門號後，我耳根變得越來越清淨，好幾個禮拜都沒接到什麼電話。

比較困擾的是，我打電話給人，從一開始可以講個十幾分鐘，慢慢地五分鐘、一分鐘、五秒之後，就直接消音。

朋友們陸續向我抱怨，我還建議他們去換手機。都已經這樣了，我還沒覺悟，還認為朋友聯絡用LINE、Messenger 等管道來撐一撐就好了，我想要等一年用完，再來找找別的方案。

這種敷衍的心態，在去年十二月初，終於讓我有吃鼈的感覺。

我有一個朋友，她的孩子必須去外州作一大手術，父母當然要賠著去，可能要兩個多禮拜，她請我幫忙載送另外一個孩子上下學，我很樂意幫忙，但也驚覺到我的手機，可能會是個大問題。如果那孩子跟我聯絡不通暢，導致我接送有差池，那我會非常愧疚，我尤其不希望待在醫院的朋友還得擔心家裡小孩安全，所以那一段時間，我隨時隨地都在盯緊我的手機，因為我這個門號非常的秀逗，電話簡訊都要接不接的，完全看運氣。

如果這還沒讓我死心，接下來的一通電話，就是讓我決定換掉它的關鍵。

那孩子手術後，朋友打電話跟我報一切順利平安，那一通電話，我一接到，心中感覺欣慰，但十秒後，我就開始祈禱我的電話不要給我兩光、秀逗、兼白目。因為電話那頭的朋友，正在哭訴整個手術過程的心路歷程，如果在這樣的氛圍中，卻因為通訊障礙而被攪亂破壞，我是真覺得非常罪過。

通話四十五分鐘的過程中，我一邊聽著她鉅細靡遺講著一切過程，一邊在心裡祈禱通話順利。

好奇妙的是，整個通話完全沒中斷、延遲或者出現雜音等。

因為這完整的四十五分鐘，我真相信我擁有一股冥冥中的眷顧，儘管我沒有宗教信仰，但我還是喜歡相信，有某種力量，常常會釋放給我一些小歡喜。

至於那個阿答阿答的freedom pop，已經被我換掉了，我的福氣可不能耗在這等無路用的東西上面。

很感恩的老貓（悄虎九歲，皮羊羊十六歲）

美國這一次的新冠病毒大作戰，我感覺華人真的有乖，至少我的朋友們全都很遵守規矩，在家裡好好蹲著，有些還很積極地幫助他人。

這段時間，我真正關心的「外人」，就是前線作戰的醫護人員，我總覺得自己除了捐獻一滴滴微不足道的防疫物品外，對於整個局面其實沒有任何幫助，老感到些許愧疚。

直到前幾天，我終於有那麼一點點用處了，雖然還是慷他人之慨，不過至少裡面還是有我一點點心意在。

悄虎的鋼琴老師，是一位八十六歲的老太太，儘管大了我四十多歲，她散發出來的

生命力卻與我相差無幾，我對她很是敬重。

這段日子我會幫她買買菜，每一回買菜得到的饋贈就是一份又一份的甜點，我已經拿了三次。

幾個禮拜前，她很含蓄的跟我抱怨，她快要無聊死了，可是她答應她的子女一定要待在家裡。

當時我一邊安慰她，一邊腦子飛轉，要怎麼樣讓這位老人家安全，又有事情做。

回到家，我吃著她做的布朗尼，想到醫護人員，以及這位活力充沛老人家的無奈表情。

全部畫面集合起來，我就發簡訊給她，問她：願不願意做一些甜點，送去給醫護人員？

這中間溝通還是要迂迴含蓄，不能讓老人家覺得我是在幫她找事做。

鋼琴老師馬上傳給我訊息，她表示同意，語句裡充滿了興奮之情與迫不及待。

我請她等等我，我必須聯絡好所有的環節，再請她開始烘培。

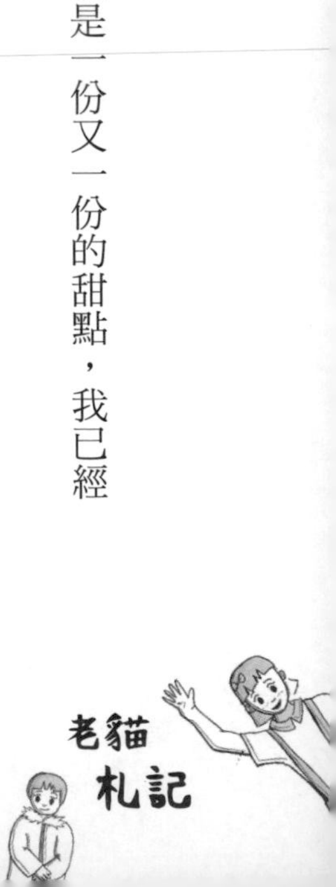

我本來預計等個兩三天左右，有更清楚的資訊再來運作，我其實擔心有些醫院不接受這種家常食物，我甚至計畫，如果醫院不接受，我就自己去向朋友兜售，錢再捐出去。

結果隔天中午，鋼琴老師就傳來訊息說，她已經做了一大堆餅乾，蛋糕，冰在冷凍庫，叫我隨時可以過去拿。

本來還悠哉看小說的我，整個跳起來，不是說好等個兩三天嗎？

我趕快傳簡訊給老師，請她冷靜下來不要這麼猛。不過，我也擔心她的冷凍庫被塞爆，就趕緊去催促朋友的朋友，討論捐贈甜點給醫院的計劃。

才剛聯絡完，又接到老師傳來，她需要的材料清單，請我趕快去網路上面訂所有的材料。因為一開始我就跟老師約好，她負責做，我負責材料補給，做好的成品就直接送去給醫護人員，如果還有剩下的，也可以捐給我的肚子，我表明我只喜歡吃她做的東西，她也是個爽快人，馬上說絕對少不了我的。

我感覺，這樣子是個非常良性的循環，每個人都有付出心意，也有得到好意，真的是有意義，我絕對是個很會慷他人之慨的人才。

好笑到笑不出來（悄虎九歲，皮羊羊十六歲）

（背景說明：美國持續與新冠病毒作戰中，很多食物，民生用品被搶購一通，大家都盡量居家隔離。）

今天外面下著小雨，我正在屋裡悠哉喝著咖啡，看著臉書裡的烹飪影片，同時心裡幻想著一道一道的美食，都出自我的巧手。（真的很敢想耶）

這時候叮咚一聲，打斷我心中正在進行的「韓式人蔘雞」烹煮過程。

昨晚有一個買家跟我約好，要來買走一張舊椅子（網路拍賣，買家直接來拿），我跟他說，我會把椅子放在門口，他把錢放到信箱裡就好，不接觸、不碰面、不談話，大家都安全。

明明說好了，這時候卻叮咚這一聲，不就要破壞我們約定嗎？

尤其我又穿睡衣，到底要不要應門，正在心裡掙扎的時候，這時聽到悄虎大喊：是雙胞胎媽媽。

我一驚，跳了起來，馬上跑去開門，就看到了一大箱衛生紙。

因為下著小雨，我又沒戴眼鏡，我只看到那媽媽身手矯健的跳進車裡，我大聲的打招呼，努力想看清車裡有什麼動靜，這時傳來雙胞胎其中之一喊出一句話，但是相隔二十公尺，我並沒有聽清楚是什麼，我又大喊回去：你在說什麼啊！

我那時候心裡預期，應該就是「貓老師，我好想妳喔！」，這一類標準用語，所以我當然要聽到大聲的回答，最好讓全社區都可以聽到我的學生是這麼的可愛窩心。（沒辦法，老貓一直都是內心戲豐富又愛現）

這時候，雙胞胎媽媽非常好心的幫忙，超特大聲吼叫：他是說……貓老師，這下子妳可以好好大便了了了了……

我整個凍住，感覺到這段話，已呈清澈的回音在我們這條街上，悠然巡迴播送著。

本來我人已經探出門外一半，聽到這個立馬縮回屋內，想想不對，馬上喊回去：拜託你們安靜啦！

我一定要搞清楚是哪一隻小孩，這麼的為我著想，等下次見面的時候，我一定要把他電的金光閃閃。

好好好，平靜下來，其實我真正想說的是：在這個時節，收到這一份奢侈的禮物，心中的感動是難以復加的。

我就前些時候，對雙胞胎媽媽抱怨在網路搶購買到品質很爛又貴的離譜衛生紙，她就記在心裡，我真是何德何能哪！

希望他們家也有足夠的衛生紙，因為聽說雙胞胎爸爸也非常注重衛生紙品質這件事。

我相信雙胞胎媽媽的防疫能力，這段疫情嚴重期間，每次都是她衝鋒陷陣的出外覓食，那全副武裝的樣子，我相信絕對沒有病毒敢惹她。

最終回 我的父親——這本書的起源

這本書來到這裡，已經要告一個段落了，老貓必須來談談心中最不想碰的這一塊，這是老貓人生的第三場試煉。

事情發生在二〇一五那一年，一件冷不猝防的事降臨了，我親愛的老爹在五月分的一天，因為心肌梗塞，猝然長逝了。

當時老貓來到美國已經七年了，皮羊羊十二歲，悄虎五歲，我的家庭狀況一切都趨於穩定，卻發生了這件事。

在此之前，我早已明白這種悲歡離合，也就是人生輪轉必然上演的戲碼，只是沒想到，一旦搬上檯面，粉墨登場時，心中還是有這麼多不捨及無奈。

這也是老爹與老貓，父女親情美好緣分一場吧。

老貓從來都不是格物致知的擁護者，也不太批判是非過錯，更不是打破砂鍋問到底的那一款。

不過，我是真喜歡說清楚事情始末，前因後果才能安心過日子的人。

在我這本書裡，我很強迫性的要做這一個交代。為什麼得動用到「強迫」這種比較強烈的字眼呢？因為這得提到我父親的驟然遽世，短短幾十天的心靈激盪，讓我開始了這幾年的臉書紀錄。

二〇一五年，從知道父親送進醫院，心跳停止，辦理喪事，那一年我的心中都猶刺在鯁，讓我感覺自己一下老了幾十歲，本來老貓自認心理年齡是十七、八歲，現在猛然增長，已經趕上實際生理年齡了。

因為這一股壓抑的情緒，說不上悲傷，也不是太負面，只是有一種，生命未能盡如人意的遺憾，或者明明在心裡已經預演過很多次，卻在某一天，無預警的被推上舞臺，強迫演完這一齣戲，那種驚慌失措卻得認命的感覺。

老貓覺得這事一定要做個了結，不然腦子時不時就浮上一些想法，常常若有所思，裝哲學家思考的樣子，也很煩人。

我要來談談父親去世時，那幾天的心情。

我的父親在二〇一五年五月底，心肌梗塞突發，送醫院搶救，心跳停止了，但是因為家人的不捨，請求醫生，後來有恢復心跳，裝上葉克膜維持心臟的跳動。那當然只是假象，尤其是他的腎臟功能早已完全停擺，無法排尿，其他器官也一一衰竭。

我從美國趕回台灣醫院時，看到的父親身體，因為注射液體只進不出，已經腫的不成人形，從原來的M號，變成2XL，我當時連摸都不敢摸他，因為感覺那層皮膚隨時要崩裂了。

我實在很抱歉必須要讓父親這樣等著我，我只敢在他腫漲得像彌勒佛的耳朵旁，不停地跟他說，他已經完成這輩子的使命，稱職而完美的扮演每個角色，好兒子、好兄弟、好朋友、好醫生、好丈夫，更是一個好爸爸，現在絕對可以放心，安心的走，快一點離開這個卜派軀體。醫生在我抵達後，經過我們親屬同意，就移除葉克膜，剩下就是等待了。

在加護病房幾個小時，我真的認為「死亡」對我父親來說，是最安全的一條路，安全且必要，我也真沒想到，有一天會這麼熱切希望我的父親趕快踏入死亡幽谷。

等待的那數個小時，我的心簡直就像被烏黑黏膩的瀝青層層包裹般，沉重的難以跳動，當父親的心跳歸零時，我感到鼻頭真是酸到像是快被扭斷般，真奇怪我還能呼吸。

醫生護士早就在旁邊準備著，我眼睛盯著心跳那一欄目，慢慢歸零，期待又不捨的聽到那一聲長長的嗶。

如同電視劇演的，一聲長嗶後，他們開始動手摘除所有的維生設施，非常奇妙的是，我心中那濃稠瀝青，開始一塊一塊自動剝落，後來肚子也開始餓起來了。

在這一刻之前，我完全是食不下嚥，連喝水都覺得費事。

我還慶幸的一直在心中跟我老爸道謝，終於讓我們都脫離苦海。

他的靈魂如果真如他在世時，說的那麼強大，肯定會知道我在想什麼，應該很想翻白眼吧！

整場葬禮舉辦下來，最重要的就是告別式了，告別式當天老貓有一個重要的任務，

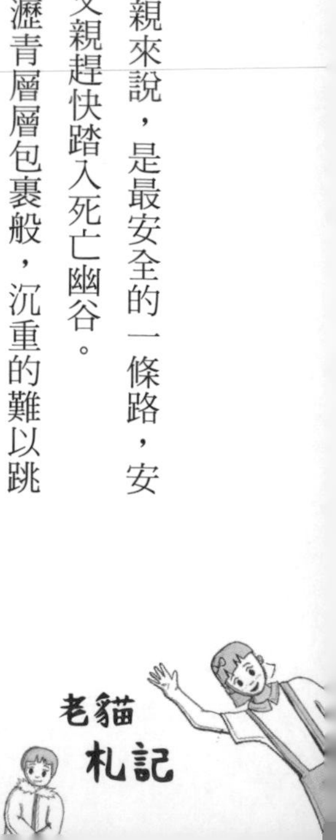

就是要唸祭文，以表達對父親的哀思。

當時真覺得挺有壓力的，哀傷滿滿的我，要如何用幾個字好好表達出來呢？老貓在原生家庭度過的二十三年，沒有太多機會感受與學習處理因愛而衍生的各式情緒，直到那一刻，要與父親告別時，我才開始需要面對這些，感覺很尷尬又揪心。

但是，這工作實在沒別人可以推了，再這麼孬氣，我都要看不起自己了。

老貓在告別式前兩天的深夜，等到所有人都睡著，才開始來寫這篇祭文，直到深夜兩點多，才完成一篇讓我眼睛幾乎要哭瞎，用掉一整包舒潔衛生紙的文章，還要擔心我父親的靈魂會不會回來看我，一邊憂傷一邊心驚膽跳。

告別式那一天，我在現場順利的表達完心意之後，就有一種完美完成任務的滿足。

問題來了，我這個懶人，為圖一時方便，我把祭文寫在手機上，懶的謄抄在紙上。

封棺前，要跟父親做最後告別的時候，禮儀師建議我們可以放一些東西進入棺木，讓逝者帶走，我居然沒有東西可以放入，只能眼巴巴看著我的弟妹將她寫的那一封文情並茂的文章放進去，連皮羊羊都有摺幾隻肥碩的紙鶴送給阿公，我卻只得到禮儀師（超

有氣質的中年帥哥）皺眉的一眼，這還真的把我刺激到了。

接著，我們告別現場親友，要護送父親棺木去火葬場。

老貓，老貓弟弟，皮羊羊，阿楓哥四個人都已經坐在靈車裡了，準備啟程，那個禮儀師居然追過來，敲著車門，我們趕快打開，以為他要指導我們一些禮儀步驟等。

結果他說：貓小姐，妳剛才那篇祭文，寫得很好，我們都很感動。

聽到這，也不管是不是在父親的棺木旁，我居然笑逐顏開的說：謝謝，謝謝。

接著，他說：裡面最後一段，妳提到「老兵不死，只是凋零」，妳知道那是麥克阿瑟講的吧。

我有點愣住了，說：我知道啊。

他有一些猶疑，說：可是妳沒有寫上去耶。

唉，這先生該不會有強迫症吧！

老實說，我是頗為高興，終於有人注意到這，我很認真的回答他說：關於這一點，我很認真地思考過，想了很久，我決定不要提麥克阿瑟這個名字，因為我怕他會搶走我父親的風采，這篇祭文只可以有我父親的名字（到底誰有強迫症啊！）

聽完我的回答，他有點僵硬的笑了一下，又丟給我另一顆炸彈：剛才，我看妳怎麼沒有把這篇文章放進去棺木裡？

我在心裡嚎叫，後來阿楓哥勉強幫我解釋，忘記列印出來之類的。最後我們終於出發了。

這件事變成我一個心結，我的老爸會不會因為我的懶惰，而聽不到我心底的聲音了？

再加上我的小姑姑，告別式後還跑來跟我要祭文的電子檔，跟我說她必須每天看一遍，才會覺得心情平靜，這更加深我的愧疚感，我拼命想著任何彌補辦法。

天才又天真的我還真的想到了，我想像著網路世界，所有的訊息都會變成電子訊號，在那空中漫天遨遊，如果我的文章，也能在這宇宙漂泊旅行，說不定會與我的父親靈魂電子互相感應，是不是有機會可以把訊息投注給他。

這是個荒謬卻可以撫慰我的作法，老貓立馬就將那篇祭文發到臉書上，當時把自己私密心思公諸於眾，是有些小害羞，但是一天一天過去，有一就有二，有三就有五，尤

其我老爹已經過世了，我不再擔心他會被我的天馬行空，直言不諱給雷到，反正寫到什麼糗事，他肯定沒有任何機會來海扁我一頓。

老貓二〇一五年開始在臉書上面發表長溜溜的文章，也就是在我父親告別式之後沒幾天。

在那天之前，臉書之於我最大的功用，就是傳遞照片給台灣的長輩看。但是在父親的告別式之後，臉書對我的意義不一樣了。

父親去世後，老貓開始努力學習，觀察生命，記錄生活，為了忠實傳承心中的意念給下一代，我開始在臉書上，試著用幽默筆調，寫下周遭緲緲人間煙火氣。

老貓不批判，不扭曲，只是想為消逝的歲月時光，快樂或悲傷，都留下一些零碎可愛的小腳印，一步一腳印，忠實的寫下對歲月的感恩與眷念。

老貓希望能夠持續且真實的紀錄生活片段，分享生命歷程，真是太感激我的老爹了。

國家圖書館出版品預行編目資料

老貓札記／老貓著. --初版.--臺中市：白象文化事業有限公司，2021.11
面； 公分
ISBN 978-626-7018-07-1（平裝）

863.55 110010678

老貓札記

作　　者　老貓
校　　對　老貓
發 行 人　張輝潭
出版發行　白象文化事業有限公司
412台中市大里區科技路1號8樓之2（台中軟體園區）
出版專線：（04）2496-5995　傳真：（04）2496-9901
401台中市東區和平街228巷44號（經銷部）
購書專線：（04）2220-8589　傳真：（04）2220-8505
專案主編　黃麗穎
出版編印　林榮威、陳逸儒、黃麗穎、水邊、陳媁婷、李婕
設計創意　張禮南、何佳諠
經銷推廣　李莉吟、莊博亞、劉育姍、李如玉
經紀企劃　張輝潭、徐錦淳、廖書湘、黃姿虹
營運管理　林金郎、曾千熏
印　　刷　基盛印刷工場
初版一刷　2021年11月
定　　價　380元